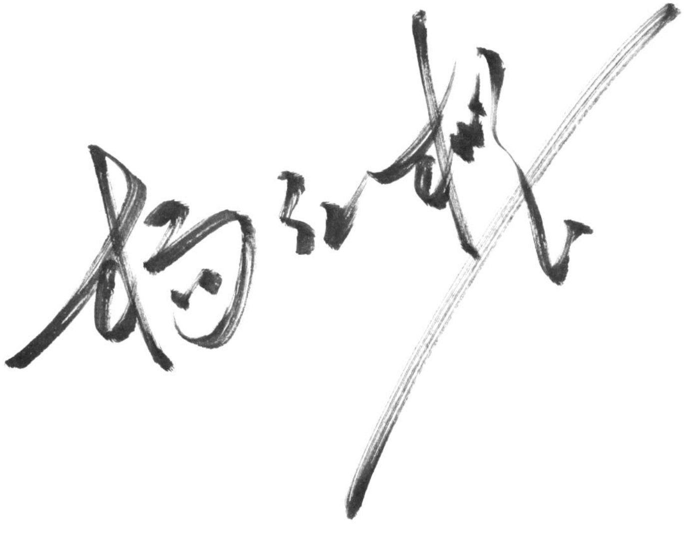

成都美人

杨红樱 著

人民文学出版社

图书在版编目(CIP)数据

成都美人 / 杨红樱著. -- 北京：人民文学出版社，2025. -- ISBN 978-7-02-019344-8

Ⅰ. I247.5

中国国家版本馆 CIP 数据核字第 2025E3S666 号

责任编辑	高处寒　孙玉虎
装帧设计	汪佳诗

出版发行	人民文学出版社
社　　址	北京市朝内大街 166 号
邮政编码	100705
印　　制	凸版艺彩(东莞)印刷有限公司
经　　销	全国新华书店等
字　　数	104 千字
开　　本	787 毫米×1092 毫米　1/32
印　　张	8
版　　次	2025 年 6 月北京第 1 版
印　　次	2025 年 6 月第 1 次印刷
书　　号	978-7-02-019344-8
定　　价	59.00 元

如有印装质量问题，请与本社图书销售中心调换。电话：010-65233595

目 录

小 满　　*1*

斯小姐　　*152*

小 满

1

九思巷原本是一条僻静的小巷子，住在九思巷的人并不多，随着梁齁巴儿的名气越来越大，来往于九思巷的人渐渐地多起来，十有八九是来找梁齁巴儿看齁巴儿病的老年人。梁齁巴儿坐堂的药房，原本有两位配药师，年事已高，街道医院要调一个年轻人来给两位配药师当徒弟，将来好接他们的班。

吃晚饭的时候，梁姆姆问梁医生："不晓得新来的年轻人是个啥子人哟？"

"好像是曲艺团唱清音的，嗓子倒了上不了舞台，转行到了街道医院。"

"唱清音的，是个女的呀？"梁姆姆有些担心，"原来在舞台上那么风光，在药房里头一天到晚和药草草打交道，不晓得她是不是静得下心来？"

梁医生说："人家是自己愿意来的。"

第二天早晨，梁姆姆照例去药房做梁医生出堂前的那一套仪式，感觉气氛反常，候诊的病人们并不像往常那样盼着梁医生出来，他们的目光都齐刷刷地射向一个方向：一个二十来岁的姑娘正在用抹布擦柜台的玻璃，她盯着一个地方使劲地擦，身子随着手的动作摆动，细细的腰肢在小方格衬衫里若隐若现，两条乌黑的辫子搭在胸前，辫梢系着鹅黄的蝴蝶结，就像两只黄蝴蝶在她胸前的两座高峰间飞舞。也许她晓得病人们都在看她，还没说话，那双水汪汪的大眼睛先笑了："你们好！我叫小满，有啥子需要我做的，尽管开口哈！"

看见梁姆姆，小满走过来和梁姆姆打招呼："哎呀，一看你就是梁师母！以后你要我做啥子随便叫哈，千万不要客气哟。"

梁姆姆心里喜欢小满，夸赞小满长得乖，做事手脚麻利，嘴巴也巴适，说出来的每句话都那么贴心，就是说话的声音不像她的样子那么嫩气，有点沙哑。不过话又说转来，人哪有十全十美的，如果她的样子也好，嗓子也好，人家凭啥子会跑到这么小的药房来抓草药嘛。

到了下午，围在药房外面的人更多了，都是来看小满的，男的眼睛都直勾勾的，一边看一边吞口水："是不是仙女下凡哦！"

女的更是七嘴八舌："咋个不像真人嘛？像从画里头走出来的美人一样。"

"硬是比那些电影演员还漂亮！"

"人家本来就是演员，说是倒了嗓子，才被分配到药房来的。"

小满惊艳了九思巷。

在围观小满的男女老少中，梁家老大梁家龙也在其中。他刚满十七岁，正读高二，平日里他两耳不闻窗外事，几乎对所有的事情都提不起兴趣。下午放学回家，梁家龙见家门口围了许多人，他挤进人群只想看一眼就走，哪晓得看了一眼就走不动路了。

吃晚饭时，小满成了梁家饭桌上的中心议题。梁姆姆对小满赞不绝口，小双也说从来没见过长得这么好看的人，大双把筷子往桌上一拍，瞪了小双一眼："长得好看有啥子用？还不是到药房来打杂。"

梁医生教训大双道："你不要瞧不起药房的工作，人家小满是国家分配来药房学配药的，以后就是配药师，和我们医生是平起平坐的。革命工作不分高低贵贱，都是为人民服务。"

"就是就是，都是为人民服务哈，不说小满了，吃饭吃饭！"梁姆姆想岔开话题，"我今天做了鱼香肉丝，你们看是不是能吃出鱼的味道？"

饭桌上的那些话，梁家龙一句也没听进耳朵里。他一副茶饭不思、魂不守舍的样子，满心里都是小满。

"家龙，你咋不吃喃？"梁姆姆夹了一筷子鱼香肉丝放到梁家龙的碗里，"十七八岁的小伙子，正是长身体的时候，多吃点哈！"

梁家龙干脆放下碗筷,回他自己的房间了。梁姆姆还想把他追回来,被梁医生喝住了:"你不要管他,坐下来吃你的饭!"

梁姆姆担心道:"他是不是身体不舒服哦?"

梁医生沉吟一声,他刚才在药房里,看见梁家龙在围观小满的人群里,他还在心里奇怪,梁家龙从来不看热闹,今天不仅看了热闹,而且还看了那么久,梁医生的心里有一种不祥的预兆。

过了几天,房管所的人来通知,说要把8号公馆二楼靠楼梯的那间闲置房分配给小满住。第二天,小满便搬进了8号公馆。现在,二楼正中带阳台的套二大房子是我和母亲住的,左邻小满,右邻斯小姐。

8号公馆的大灶房现在是四家合用。梁姆姆把小满带进灶房,说:"这个灶房主要是我们梁家在用,林校长工作忙,每天早出晚归,一天三顿都在学校吃,她只有一个女儿梁小猫,从小就在我们家吃;斯小姐不大会做饭,就会炖鸡汤,有时候在鸡汤里下点面吃,有时候在鸡汤里下点抄手吃。"

小满和斯小姐同样是一个人，但她的厨具就像有一大家子人，光是泡菜坛子就有三个：泡老泡菜的土陶坛子，泡红辣椒的瓷坛子，泡洗澡泡菜的玻璃坛子；锅也有好几个，有炒菜的铁锅，有煮饭的铝锅，有蒸菜的蒸锅，还有炖汤的砂锅。梁姆姆说："哎呀，你一个人咋用得了这么多锅？"

小满说："一个人还是要把生活过好噻。"

梁姆姆还发现小满的碗柜里，碗没有几个，盘子却有好几十个，都是十分精致的小盘子。小满见梁姆姆对她的小盘子好奇，说道："每个盘子敲出的声音都不一样。"

小满左手的手指夹着一个小盘子，右手拿一根筷子，筷子敲在盘子上，发出银铃般的声音；小满换了一个薄瓷的小盘子夹在手指上，筷子敲在盘子边边上，发出鸟叫般的声音。

小满说她从十岁开始学唱四川清音，经典曲目《小放风筝》《送公粮》《断桥》她都会唱，唱得最好的是《布谷鸟儿咕咕叫》，说着，她就要唱给梁姆姆听。

7

她摆好身段，张口做出要唱的样子，却又闭口不唱了，眼里的光也黯淡下来。她的嗓子倒了，再也唱不出布谷鸟婉转悦耳的叫声了。

梁姆姆是个讲究礼数的人，为欢迎小满搬进8号公馆，梁姆姆准备了一桌菜，把斯小姐也请来了。梁姆姆笑眯眯地说："今天，8号公馆的人都到齐了，从今以后，我们就是一家人。你们两个女娃儿，父母都没在跟前，有啥子需要帮忙的事情说一声，千万不要见外哈！"

"我们不会见外的。"小满代表斯小姐答谢道，"从今以后，梁医生和梁姆姆就像我们的爸爸妈妈，家龙、大双小双和小弟就是我们的弟弟妹妹，我们会好好地爱护他们。"

小满的嘴巴真甜，说得梁医生和梁姆姆心花怒放。

小满对斯小姐也很热情，她说："从今以后，我们两个就是好朋友了，我们可以一起去看电影，一起去逛街，一起去吃冰粉儿……"

斯小姐只是礼貌地笑笑，并不接小满的话茬，在她的心目中,她和小满不是一路人。

2

　　从前来找梁医生看病的几乎都是老年人,自从药房来了小满,来找梁医生看病的小伙子多起来,都是头疼脑热的小病,有的甚至都说不出自己有啥子病,只求梁医生开了药方,他们拿着药方等着配药,就有了近距离观看小满的正当理由。

　　小满来到药房不久,便有一个自称画家的人,每天一早便来到8号公馆门前,他自带小板凳,坐在正对着药房的5号公馆的院墙下,支好画架,几十管大大小小的颜料摆了一地。早上八点钟,小满准时从8号公馆出来给药房下门板,下完门板用鸡毛掸子掸药柜上的灰尘,然后把药材放进石臼里捣成粉末。

　　梁姆姆注意这个画家已经有好几天了,她问小满:"你认得他啊?"

"不认得。"小满说,"这个人好怪哦,我们早晨上班,他来了;我们晚上下班,他走了。就像到我们这儿来上班下班一样。"

梁姆姆走过去问画家:"你在干啥子?"

画家没有停下他手中的画笔,他说:"我在画画。"

梁姆姆看画布上勾勒的是药房的轮廓,便笑道:"你这个人好怪哦,药房有啥子好画的嘛。"

画家的笔还是没有停下来,他说药房只是背景,主题还没出来。

梁姆姆听不懂啥子叫主题,就问他好久才画得完。画家说不晓得,一个作品的完成需要一个漫长的过程。梁姆姆问他漫长有好长。

"这要看主题,"画家越说越玄,"主题要一点一点地去挖掘,挖掘得越深,主题越有价值。"

梁姆姆又问:"咋个才挖得到有价值的主题嘛?"

画家就两个字:"用心。"

画家的玄龙门阵,梁姆姆听不懂,她只打听到画家姓甄,便回到药房来对小满说:"这个甄画家简直就是一个怪人，天天跑到这儿来挖……挖啥子主题……搞不懂他们这些怪人，我去买菜了。"

小满把手中的活儿干完，也会看几眼对面的甄画家。有时和甄画家的目光在空中相遇，她抿嘴一笑，嘴角两边现出两个深深的小酒窝，她特别想过去看看甄画家到底在画啥子。

也有脸皮薄的人，不好意思直勾勾地看小满，借口看甄画家画画，一本正经地站在甄画家的背后，看一眼药房里的小满，再看甄画家画几笔，其中就有住在九思巷蒋公馆的长孙蒋忠。蒋忠是蒋义的大哥，蒋义是我们8号公馆梁家小儿子（我叫他"小哥"）的毛根儿朋友。蒋忠还不到十八岁就去云南生产建设兵团当了支边青年，去云南两年了，第一次回成都探亲就感觉到九思巷已经不是原来的九思巷，九思巷因为小满，犹如在平静的水中扔下一块大石头。蒋忠在家里待不住了，他从九思巷的这头走到九思巷的那头，又从九思巷的那头走到九思巷的这头，就为了看一眼药房里的小满。甄画家天天坐在药房对面画小满，可以正大光明地看小满，这让蒋忠妒火中烧，他假装看甄画家画画，脚都站麻了，蒋忠干脆回家搬了小板凳坐在甄画家的身边。

小哥和蒋义下午放了学，也去看甄画家画画，蒋义发现他大哥坐在甄画家身边，走过去悄声问道："大哥，你想学画画啊？"

蒋忠"嗯"了一声，心思都在小满身上，对蒋义不理不睬。蒋义哪里晓得蒋忠是醉翁之意不在酒，便认真地劝说他大哥："学画画都是从小学起，你都多大年纪了，肯定学不会。"

这时，小满在向小哥招手，蒋义跟着小哥来到药房。小满问小哥："那个甄画家在画啥子哟？"

小哥说："画你。"

"画得像不像？"

"不像，"蒋义说，"没有你好看。"

小哥说："现在还看不出来，只画了一个人影子。"

小满眉毛一挑，斜着眼睛看了一眼甄画家："从早画到晚，就画了一个人影子，还甄画家呢，我看他是个假画家。"

小哥和蒋义都同意,说甄画家多半是个假画家。

甄画家还是一如既往,每天早晨小满给药房下门板,他已经坐在药房对面墙根下的小板凳上了,画架也支起来了;每天傍晚,小满给药房上门板,甄画家也收起他的画板,搬起他的小板凳离开。围观他画画的人——应该说看小满的人越来越多,甄画家都当他们是空气,他的眼里只有小满。

这个甄画家到底要把我画成啥样子哟?小满终于按捺不住她的好奇心,她端了一杯清火的菊花茶向甄画家走去,甄画家赶紧用一块白布蒙在画架上。

小满说:"我看你中午都没吃饭,你不饿呀?"

甄画家说:"不饿。"

"你喝点菊花水嘛,清火的。"

小满捧着水杯,甄画家伸手接过水杯,他第一次这么近地感受小满的美,他想起那四个字"一眼万年",只能用点睛之笔才能画出勾魂的内涵。站在甄画家面前的小满是如此的鲜活,她的长睫毛忽闪出来的脸上的生动,还有那如花蕾般鲜嫩丰满的嘴唇吐出的气息,都激发了甄画家强烈的创作冲动。

小满对甄画家说:"他们都说你在画我,可不可以给我看一眼嘛?"

甄画家毫不客气地拒绝了。他对小满说:"你等我两个月,两个月之后,我来找你,再给你看。"

甄画家手忙脚乱地收拾好他的画架和摆了一地的颜料,还有他的小板凳,大步走出了九思巷。

甄画家不来了。小满每天早晨出来下药房的门板,都要习惯性地朝对面看看,对面空空的,没有画架没有小板凳也没有甄画家,小满的心也空空的。过了几天,她已经把甄画家忘了。

甄画家天天来画小满的时候,蒋忠有些讨厌他,把他当作他假想的情敌。现在他不来了,蒋忠再也不能找学画画的借口,堂而皇之地在药房的对面看药房里的小满,他又回到从前,从九思巷的这头走到九思巷的那头,看一眼小满;再从九思巷的那头走到九思巷的这头,再看一眼小满。他从早走到晚,走过去走过来，人走瘦了，脚也走细了，他回成都探亲的日子也到头了。

蒋家的家教极严，不是蒋家三兄弟的父母对他们严，是他们的爷爷、九思巷的著名人士蒋二爷对他们严。明察秋毫的蒋二爷在蒋忠回云南生产建设兵团的头天晚上，把蒋忠叫到他的房间，他咕嘟咕嘟地抽着水烟，把脸藏在烟枪背后观察蒋忠。蒋忠如置身在聚光灯下，手脚无措，心慌意乱。

抽完一袋水烟，蒋二爷的头才从烟枪背后露出来，他问蒋忠："晓不晓得我为啥叫你来？"

蒋忠如背书一般："回到兵团后要一不怕苦，二不怕死，要用毛泽东思想武装自己的头脑，争取做保卫边疆、建设边疆的好战士。"

"你娃莫要鹦鹉学舌给我讲大道理。"蒋二爷谆谆教导道，"响鼓不用重槌，人要有本事，有了本事，就是天上的仙女，都要下凡来找你。你娃现在球本事没得，不要东想西想乱想汤圆儿吃。"

蒋忠闷闷不乐地收拾行李，蒋义十分同情他的大哥，他问蒋忠："你真的喜欢药房的小满啊？"

蒋忠沮丧极了："喜欢有啥子用嘛，我现在还没得本事，不像人家甄画家，他有画画的本事。"

"你现在没有本事，不等于你一辈子都没有本事。"蒋义给他大哥出主意，"不如这样，你可以一边学本事，一边喜欢小满。"

蒋忠更加沮丧："我在云南边疆离她那么远，人都见不着，咋个喜欢嘛。"

"我天天都能见到小满，我给你写信，写小满，等于你天天都见到了小满。"

兄弟俩小指勾着小指："拉钩上吊一百年不许变！"

3

蒋义本来就经常出入 8 号公馆，他是来找小哥玩，现在来得更勤了，他和他大哥有约定，要把小满写在信上寄到云南边疆去，让他远在云南边疆的大哥天天都像见到小满一样。让蒋义恼火的是来看小满的人仍然那么多,好在那个甄画家不再来了,他大哥少了一个竞争者。

"你不要高兴得太早。"小哥和蒋义之间没有秘密,他也晓得蒋义的大哥蒋忠喜欢小满。他对蒋义说:"你大哥还有一个你没有看见的情敌。"

蒋义问小哥是哪个。小哥说远在天边,近在眼前。蒋义指着小哥:"你呀?你那么小就……"

小哥把蒋义指着他的手挡开:"不是我,是我大哥。"

"梁家龙?"蒋义不相信,"你大哥死气沉沉的,比人家小满小好几岁,咋可能嘛。"

"咋不可能嘞?我大哥都害相思病了,天天都写诗,半夜三更都在写,电灯光射得我晚上都睡不着。"

小哥和他大哥住一个房间。

蒋义本来就不太喜欢梁家龙,现在更是对他嗤之以鼻:"你大哥的胆子太大了,他还在读高中,就敢喜欢小满,你爸妈晓得不?"

小哥说:"我不晓得我爸我妈晓不晓得,但是大双肯定晓得,大双晓得等于小双也晓得了,害相思病就是大双说的,大双怪小满把大哥害了。"

"咋个怪人家小满嘛?"蒋义为小满打抱不平,"是你大哥自己要去喜欢小满的。小满晓不晓得你大哥喜欢她?"

小哥说:"那么多人喜欢小满,人家小满根本不在乎你大哥还是我大哥,在她心目中,不管是你大哥还是我大哥,统统不存在。"

陷入单相思的梁家龙仿佛变了一个人,冷漠的他居然有了写诗的激情,而且一写就是十二首,他把十二首诗工工整整地抄写在一个精装的蓝色笔记本上,实在没有勇气亲手交给小满,万一被小满拒绝了嘛?对他这么一个从来没有受过挫败的天之骄子来说,他怕他经受不起这样的打击。

梁家龙找到我,把一个封得严严实实的牛皮纸袋交给我,说:"梁小猫,帮我交给小满。"

我小学都快毕业了,梁家人还叫我梁小猫。我接过纸袋,感觉沉甸甸的,问梁家龙:"这里面装的是啥子嘛?"

"你不要管。你还要向我发誓,坚决不打开看。"

我把牛皮纸袋还给梁家龙:"你自己交给小满嘛。"

"梁小猫,我是你大哥,你敢不听我的?"

梁家龙就是这么霸道。

我拿着梁家龙交给我的牛皮纸袋进了小满的房间,小满正在拆一件红色的波点衬衫,我说:"好好的衣服,拆了好可惜哦!"

"我把它改一下,"小满在她身上比画着,"把腰身收紧,穿起来才显得腰细细的,腿长长的,我这么好的身材不显出来好可惜哦!你说是不是嘛,梁小猫?"

我连声说是,把手中的牛皮纸袋交给她:"梁家龙让我给你的。"

"梁家龙就是那个还在读高中的梁老大?"小满似乎和梁家龙并不熟,"是啥子东西嘛?"

"我也不晓得。"我说,"他不许我打开看,还让我发誓。"

"啥子东西那么神秘哦,不许你看,还让你发誓。这个梁老大奇奇怪怪的,我和他话都没有说过,他还送我东西……"

小满一边说,一边用剪刀剪开了牛皮纸袋,一个精装的蓝色笔记本掉了出来,小满惊喜道:"好高级的笔记本!可惜我早就不上学了,他送我笔记本有啥子用嘛?不过,我正好缺一个记账的本本。"

小满翻开蓝色笔记本,看见前面几页已写了字,便有些嫌弃:"这个梁老大啥子意思哟,送我本子还是写过字的,不过把这几页撕了,还可以将就用。"

我来不及阻止她,小满已经把蓝色笔记本前面写过字的几页撕了下来。

第二天,梁家龙见了我,把我拉到一边悄声问道:"梁小猫,你把东西交给小满没有?"

我说:"我昨天晚上就给她了。"

"为啥子她今天见了我,还是和原来一样喃?梁小猫,你好好回忆一下,她读了我写给她的那些诗,有啥子反应?"

"蓝本子上前面那几页是你写给她的诗啊?"我觉得有点对不起梁家龙,"你咋不早说嘛?她把你写给她的诗都撕了。"

梁家龙脸色煞白,说话的声音在颤抖:"她为啥子要撕我写给她的诗?是嫌我的诗写得不好?我读了好多普希金的诗,莱蒙托夫的诗,还读了《少年维特之烦恼》才写出来的,她咋不动心嘛?"

我赶紧安慰梁家龙:"不是你的诗写得不好,小满根本就没看。"

梁家龙的嘴唇抖得更凶了,还带着哭腔:"她看都没看,为啥子要撕呢?"

我不得不如实相告:"她说她正好缺一个记账的本本,就把前面写了字的几页撕了,将就用。"

梁家龙两眼无神,一副欲哭无泪的样子,我只好安慰他说:"大哥,小满不晓得本子上的那些字是你给她写的诗,你再给她写几首,她肯定不会撕。"

"算了,心死了,再也写不出来了。"

我在梁家吃饭,几天都没见着梁家龙。小哥说他大哥绝食了,梁姆姆急得哭了好几回,晚上睡在床上,翻来覆去问梁医生:"饿死了咋个办嘛?"

"饿不死,他这叫鬼迷心窍。"梁医生倒想得开,"老大今年十七岁,人生的路长得很,早晚都要经历这些死去活来的事情,等他真正长大了,懂事了,再回过头来看这些事情,简直就是一个笑话。"

"笑话也是以后的笑话,但是现在我好心疼老大哟,小满天天都在他眼面前晃来晃去的,他的心肯定像受煎熬一样难受。"

梁医生也心疼梁家龙,他是疼在心里,不会像梁姆姆那样挂在嘴上。在他的后代中,他本来对老大梁家龙是寄予厚望的,梁家是中医世家,梁家龙是长子,天资聪慧,最有可能继承梁家的衣钵。如今,看梁家龙要死要活的样子,他和小满生活在一个院子里头,低头不见抬头见,必须防患于未然。梁医生快刀斩乱麻,把他的重大决策下达给梁姆姆:"家龙马上就要高中毕业了,毛主席号召知识青年到农村去,毕了业就叫他响应毛主席的号召到农村去插队落户,接受贫下中农的再教育。"

4

就在小满已经把甄画家忘了的时候,甄画家突然出现在小满的面前。那天,小满正在上班,他问小满啥时候下班,有一样东西要送到小满的家里去。

"啥子东西嘛?你给我,我自己带回去。"

甄画家说了声"你拿不动",便从药房那里走过来坐在8号公馆的门槛上,他的旁边,立着一个一米多高的木头架子,还有一幅将近一米高的长方形的木头相框,正面蒙着一块白布。

到了下班的时间,小满上了药房的门板,走过来对甄画家说:"跟我走嘛,我就住在这里头。"

甄画家将木头架子背在身上,小心翼翼地抬着木头画框,跟着小满进了8号公馆,上了小洋楼的楼梯,进了小满的房间。甄画家四下看看,他说屋里的光线不太好。小满拉开窗帘,夕阳的光照了进来。

甄画家将画框放在木头架子上,正对着夕阳射进来的那一束明亮又柔和的光,这才对小满说:"你来揭幕吧!"

"嚯哟,好隆重哦!"

小满说着,揭下蒙在画框上的白布——这是一幅油画作品,作品的名字叫《小满》。小满的呼吸急促,突然捂着脸哭起来,甄画家不去问小满为啥子哭,他有足够的理由相信:小满是被油画上的自己美哭了。

等小满哭够了,甄画家重新将小满的画像用布遮盖起来,小满说:"你画得这么好,还怕人看嗦?"

甄画家说:"这幅画是勾魂的,你不要随便给人看哈,免得把人家的魂勾走了。"

小满问甄画家:"好些日子没看见你,你上哪儿去了?"

甄画家说他回农村了,他是到成都近郊郫县插队落户的知青,已经插队落户三年多;父母都在外地工作,他是他外婆带大的,他外婆的家就在平安桥教堂背后的五福巷。

小满惊喜道:"哎呀,我也是郫县那边的人。"

甄画家说小满的成都话说得好正宗哦,一点都听不出有郫县的口音。郫县虽然就在成都的边边上,但郫县人的口音极重,只要一开口说话,不用介绍就晓得是郫县人。小满说她小时候是闻名方圆几十里的百灵鸟,有一副婉转悦耳的好嗓音,刚满十岁就被成都的曲艺团选中,来到成都学唱清音,一学就是十来年;终于可以上舞台了,嗓子又倒了,医了两年也没有完全医好,还是有点沙哑,被人戏称为"鸭公嗓",不能再上舞台唱清音了,这才转行到了药房。

甄画家问小满,郫县老家还有啥子人?小满说父母双全,都是红光公社的社员。说起红光公社,小满很自豪,这是毛主席亲自视察过的地方。

"我家里还有一个妹妹,妹妹的名字叫谷雨,两岁发高烧把耳朵烧聋了。我妹妹好乖哦,可惜是个聋哑人,我会照顾我妹妹一辈子,以后我要嫁人,其中一个条件就是要管我妹妹一辈子。哎呀,我咋给你说这些哟……"小满的脸红了，赶紧转移话题，"你在农村插队，咋个当了画家喃？"

甄画家说："我自小学画画，我的理想就是当画家。下了农村，我还是天天画，我喜欢画人，村子里的男女老少都被我画遍了，到目前为止，我觉得画得最好的是你，是这幅《小满》。"

"你咋个想起来画我喃？"

"一眼万年。"甄画家解释道，"不是我说的哈，是和我住一屋的成都知青说的。他说回成都陪他妈妈到九思巷梁鼩巴儿那里看病，去药房配药时看见了你，当场美得他心跳过速，出气都不均匀了。我问他到底有好美。他说他肚子里头的词汇量不够，形容不出来，最后冒出'一眼万年'四个字。我一听，再也睡不着了，翻身起床，连夜赶回成都，天还没亮，我就在药房外面等起了。"

甄画家虽然现在只是一个知青，还没有成为画家，但他身上已经具备了作为一个画家的职业素养，那就是敏感和激情。

两人摆着龙门阵，不知不觉天已经麻麻黑。小满留甄画家吃晚饭："没得好东西招待你，煮一碗红烧肥肠面给你吃。就是不晓得你们这些搞艺术的，吃不吃肥肠这种下水货。"

"吃！吃！我最喜欢吃的东西就是肥肠。"甄画家说，"肥肠好吃，就是洗起来太麻烦。红烧肥肠是我外婆的拿手好菜，小时候她经常做给我吃，现在她年纪大了，洗不动肥肠了，我都想不起上一次吃肥肠是哪年哪月。"

小满仿佛找到了知音，说："肥肠也是我的最爱。是不是我们这些搞文艺的都好这一口？"

小满虽然离开了曲艺团，但她一直还把自己当作文艺界人士，她把甄画家也归到文艺界。她到楼下灶房去热红烧肥肠，肥肠是昨天就烧好的，在炉子上热一热，下了两碗面条，把热好的红烧肥肠浇在面条上。

当小满把两碗热气腾腾的红烧肥肠面端进二楼的房间，满屋子都是肥肠的味道，甄画家连声说："就是这个味道！就是这个味道！"

小满问他是啥子味道。

"外婆的味道。"甄画家说他外婆做红烧肥肠的经验，就是不能把大肠里面的肥油撕得太干净，撕得太干净就没有那种妙不可言的味道了。

两碗红烧肥肠面拉近了两颗心的距离，能吃到一块儿就能说到一块儿。吃完红烧肥肠面，甄画家和小满已经像上辈子就认识一样。甄画家明天一早就要回郫县插队的地方，小满把他送出8号公馆，好像还有许多话要说，又把他送出九思巷，送到平安桥，送到平安桥教堂背后的五福巷，甄画家的外婆家就在五福巷。甄画家不放心小满一个人回家，又把小满送回九思巷的8号公馆。

5

已经有几个月了，甄画家都没有回成都，他说他在搞创作。画油画费钱，买颜料买画布要花很多钱，小满每月的工资才三十几元，给父母十元，给甄画家买颜料买画布，剩下的钱便只能顿顿吃泡菜了。

　　小满每个月都去一次甄画家下农村的地方，给他送颜料送画布，还有一大饭盒榨菜炒肉丝。买肉凭肉票，每人每月凭票买半斤肉，小满再用粮票换来半斤肉票，把一斤肉都炒成榨菜肉丝，给甄画家送去。小满第二天要上班，必须当天去当天回，她拎一个有拉链的旅行包，包里装着颜料、画布和榨菜肉丝，赶早班长途车到了郫县，还要走十几里的田坎路。

　　进了村子，免不了被村子里的妇女一番品头论足，说她眼睛像《红灯记》里的李铁梅，说话的样子像《沙家浜》里的阿庆嫂，身材像《红色娘子军》里的吴琼花。她们说的都是革命样板戏里的女主角，家家户户的墙上都贴着她们的剧照，在那个年代，她们就是女性美的天花板。村里的妇女把几个女主角身上的最好的部位组合在小满身上，小满无疑就成了她们心目中的绝代佳人，那个甄知青咋个配得上嘛？这个绝代佳人还经常大包小包地给甄知青送东西，来了就给他洗衣做饭，甄知青何德何能，简直就是祖坟上冒青烟。

有爱管闲事的妇女直截了当地问小满："你咋就看上了那个人不人鬼不鬼的甄知青喃？"

甄画家被形容成"人不人鬼不鬼"，小满既心痛又生气："你说些啥子哟，嘴上留德哈！"

爱管闲事的妇女说："我们村里头的人都这么说他。你看他嘛，每天只晓得画画，画得两眼发直，小娃儿见了都要被他吓哭，你说他是不是'人不人鬼不鬼'嘛？"

"人家是艺术家，不痴迷，不疯癫，咋个进入创作状态嘛？"

爱管闲事的妇女问小满："甄知青啥时候成了艺术家，我们咋个不晓得喃？"

小满说："他现在不是，将来肯定是闻名全中国，不，肯定是闻名全世界的大画家。"

"神戳戳的，"爱管闲事的妇女怀疑小满有神经病，她在村里到处散布说，"甄知青对画画着了魔，小满对甄知青着了魔。"

甄画家住的那间小屋在村子尽头的小河边，原来和他同屋的知青搬走了，他实在受不了甄画家，同住的屋子本来就小，放了两张单人床，到处都是甄画家画好的画和还没有画好的画，颜料、画布摆了一地，连个插脚的地方都没有。

同屋的知青搬走了，甄画家嫌做饭费时间，他就一次煮一大锅饭或者煮一大锅红苕，可以吃好几天。每当他情绪低落、感到前途渺茫的时候，小满就来了，拎一个大包，里面装着颜料、画布和榨菜肉丝，但甄画家觉得比这些东西对他更有用的是精神层面的东西，小满给他带来了希望，小满就是黑暗中的一道光。

小满来了就煮饭，饭煮熟了，小满给甄画家舀一大斗碗，给自己舀一小碗，就着榨菜肉丝，有滋有味地吃起来。小满把肉丝都夹到甄画家的碗里，自己只夹榨菜丝，每次只夹一根。甄画家给小满夹肉丝，小满又把肉丝夹到甄画家的碗里，说："我不爱吃肉，我爱吃大龙虾。等你成了大画家，你给我买大龙虾吃。"

"小满，你说我有没有那一天哦？"

"肯定有噻，不然我每个月都跑来干啥子嘛？全世界的人都不相信你，我相信你。"

甄画家哭了，哭得泣不成声。小满抚摸着甄画家乱糟糟的头发，说："村子里的闲话你不要听，他们不懂你。"

甄画家抬起头来仰望着小满："我只要你懂我。"

小满点点头，说甄画家的头发长了，该剪了。为了甄画家长得像野草一样快的头发，小满专门去学了理发，买了理发的工具，每个月来，都要给甄画家剪头发。给甄画家剪完头发，小满把甄画家塞在各个角落里的脏衣服、脏床单和脏袜子都找出来，拿到河边去洗。

清清小河水，倒映着天上的云彩和河边的绿树，缓缓地向前流淌。甄画家坐在开满野花的河滩上，捧着速写本给小满画速写。小满把衣服洗完了，甄画家的速写也画完了。他仰卧在河滩上，望着天上奇形怪状的流云，说："真想这样过一辈子！"

"你咋没有追求喃？"小满放下衣服，跑到甄画家的身边,"我可不愿意你在这个乡坝头过一辈子,你是要做大事情的人,一定要走出这个乡坝头,走得越远越好。"

"你就不怕我走远了,把你甩了?"

"你要甩我,那是缘分到头了,我一定会放手。"小满看着甄画家的眼睛,"真的,你能走多远就走多远。"

甄画家抱住小满,抱得很紧很紧。

"我该走了,再不走怕赶不上末班的长途车了。"

小满从甄画家的怀抱里挣脱出来,把洗好的衣服搭在竹竿上,对甄画家说:"晚上记着收衣服哈!"

甄画家每次都要把小满送到长途车站。他们走在乡间小路上,黄昏的落日,竹林盘头升起的袅袅炊烟,归林小鸟的欢叫,诗情画意,一切都是那么美好。到了长途车站,看着小满上了最后一辆班车,甄画家跑到小满座位的窗口,眼巴巴地望着小满,就像一个孤苦伶仃的孩子:"小满,你要来哈!"

小满从窗口伸出头来,她好想对他说些什么,可她啥子也没说。车开走了，小满憋了好久的泪水才夺眶而出，甄画家在小满的泪眼中渐渐模糊，渐渐消逝。

6

在一个阳光灿烂的下午，甄画家突然出现在小满的面前，小满惊讶道："你咋回来了喃？"

甄画家说他要去四川美术学院上学了，是郫县红光公社推荐的工农兵大学生。

"我就说嘛，你肯定有出人头地的那一天，没想到这一天来得这么快，我还说明天去割肉给你炒榨菜肉丝，后天给你带去……这下好了，以后再也不用跑那么远给你送榨菜肉丝了。"小满问甄画家，"你啥时候去重庆？"

甄画家说，九月开学，他准备八月下旬就去，有很多画油画的高手都聚集在重庆的沙坪坝，他准备早点去会会他们，切磋画技。

小满的眼睛里闪过一丝若有所失的忧伤，说话的样子还是欢欢喜喜的："你想我咋个给你庆祝嘛？"

甄画家说："好久没有吃红烧肥肠了，你就给我做一顿红烧肥肠来庆祝噻。"

当天，小满半夜三更就去肉铺排队。因为肥肠比肉便宜，一斤肉票能买四斤肥肠，肥肠越来越难买了，只有排队排到前几个的人才能买到，卖完就没有了。

这年的夏天特别热，立秋过后，早晚有点凉风，送来茉莉花最后的芳香。甄画家是坐晚上的绿皮火车去重庆，第二天上午就能到达。小满把他送到车站，神情有些恍惚，似乎已经预感到她和甄画家是没有未来的。

甄画家拉着小满的手："小满，我会每天给你写信的。"

小满说："你的时间那么宝贵，天天给我写信好浪费时间哟！一星期写一封就可以了。"

火车就要开了，列车员催旅客上车，甄画家和小满拥抱告别，小满把甄画家抱得紧紧的。甄画家在小满的耳边说:"等我毕业,我们就……"

小满用手捂住甄画家的嘴,不让他说下去。她在甄画家的耳边说:"你是要做大事情的人,不要忘了自己的初心。"

小满放开甄画家,望着甄画家渐行渐远的背影,默默地流下了眼泪,心里明白这是她和甄画家最后一次拥抱。

甄画家到了重庆,每星期给小满写一封信,信中写的都是他的创作灵感,他井喷似的创作灵感,大多是像他当初见到小满"一眼万年"的那种。后来,甄画家每星期写给小满的信渐渐变成两星期写一封。再后来,信越写越少,小满差不多一个月才能收到一封。终于,小满不再收到甄画家的来信,她想起甄画家在小河边对她说的那句话——"你不怕我走远了,把你甩了",如今,他还没有走远,就已经……

小满没有悲伤,也没有后悔。她认为之前为甄画家所做的一切都是值得的,因为她对甄画家是真心的,在真心付出的过程中,她获得了从来没有过的真正的快乐。小满是典型的成都美人，脾气也是典型的成都女人的脾气：爱就爱了，散就散了，不纠缠，不抱怨。

　　甄画家是小满的初恋，小满也是甄画家的初恋。小满收拾好失恋的心情，平静地将甄画家为她画的那幅油画《小满》，用白床单仔仔细细地包裹起来，塞到床底下，也把她的初恋藏在心底。

7

　　宋小江是成都一家报纸的摄影记者，整日背着相机在成都的大街小巷转来转去，抓拍一些社会新闻发表在报纸上。这只是他的工作，宋小江志不在此，他真正的兴趣是拍珍稀动物野生大熊猫。成都西边的卧龙山，就是野生大熊猫经常出没的地方，已经成为野生大熊猫的自然保护区。宋小江认识几位研究野生大熊猫的科学家，经常会去卧龙山区跟踪野生大熊猫，可他只能用积攒下来的休假日，跟随科学家去拍大熊猫，一年去一次，每一次都能拍上千张照片，但选出来的只有几张。不过积少成多，他拍大熊猫的名气越来越大，他最大的愿望是办一次大熊猫的画展，出一本大熊猫的画册。

在一个春风和煦的下午，宋小江背着相机，晃荡到与九思巷相邻的西二巷，在一棵上百年的皂角树下，围着几个十六七岁的小伙子，他们都仰着头朝树上喊道："下来下来，你还没有看够嗦？"

宋小江走过去问道："你们在看啥子哦？"

一个小伙子回答道："球花。"

"啥子球花哟？从来没有听说过。"

"地球之花，你懂不懂？"

小伙子们都笑起来，原来树上还有一个和他们一般大的小伙子藏在茂盛的枝叶间，正举着望远镜在看……宋小江又问他们："他用望远镜在看啥子喃？"

小伙子们笑而不答，其中一个对他说："你想看就排在我们后头，轮到你了，你自己上去看嘛。"

几个小伙子都上去了，最后从树上下来的小伙子把望远镜递给宋小江:"你上去看嘛。"

宋小江说:"我不用。"

小伙子们都说:"你不用望远镜咋个看嘛?连个人影子都看不到。"

几个小伙子见宋小江还是不用望远镜,都笑宋小江是"瓜娃子",嘻嘻哈哈地走开了。

宋小江爬上树,举着相机用长焦镜头搜索目标,小满出现在镜头里,她正在配药,左手跷着兰花指提着精致的秤杆,右手抓着一把药材一点一点地往古铜色的秤盘里放,双眼专注地盯在秤杆的秤星上,宋小江摁下快门,拍下一个个特写镜头:浓密的长睫毛覆盖的双眼。小满把称好的药材倒在摊开的草纸上,转身走到密密麻麻的小抽屉前寻找药方上的药材,她的背影她的侧影都极具画面感,每一个动作都是曼妙的舞蹈,宋小江不停地摁快门,拍下她踮起脚拉开小抽屉像跳芭蕾舞的背影,拍下她扭着腰肢仰头找药的侧影。药配齐了,小满把药包起来递给顾客,宋小江终于看到她的正脸了,美得令人心颤,宋小江差点从树上掉下来。"啪啪啪啪"，宋小江的长镜头对着小满的脸一阵猛拍，可惜相机里的胶卷拍完了。

第二天，宋小江备了三个胶卷，一个胶卷能拍三十六张照片，运气好的话，一个胶卷能拍三十七张或者三十八张，这三个胶卷至少能拍上百张照片，咋个都能抓拍到几张羞花闭月沉鱼落雁的照片来。

宋小江爬上那棵皂角树，从上午拍到下午，他也不觉得饿；举着相机的手都举麻木了，他都忍着，生怕错过美的瞬间。

就在最后一卷胶卷快要拍完的时候，昨天那几个小伙子带着望远镜又来了，看见宋小江在树上，就在树下喊道："你下来哦，看了那么久还没有看够嗦？"

宋小江"啪啪"地摁了两下快门，把相机里最后两张胶片拍完，从树上下来了。小伙子们看着宋小江脖子上挂着长焦镜头的相机，说："你玩得还很高级嘛！昨天就跟你说，她是地球的球花，你现在服不服？"

出于新闻敏感，宋小江问他们："球花是哪个评选的喃？"

"她还需要评选嗦？只要看一眼，就得心服口服。你说你服不服嘛？"

如果宋小江说"不服"，肯定会被这几个小伙子打一顿。再说宋小江也算阅人无数见过世面的人，如果真的要选球花，宋小江会毫不犹豫地将他那一票投给他相机里的美人。

"你们晓不晓得她叫啥子名字？"

宋小江这一问，惹得几个小伙子愤怒起来：

"你啥子意思哦？不要东想西想产生幻想！"

"拍了人家的照片，回家慢慢看嘛，你还敢对人家有想法嗦？"

"也不撒泡尿照照自己，癞蛤蟆还想吃天鹅肉？"

宋小江招架不住，在一片"瓜娃子"的嘲骂声中，背着相机回暗室冲洗照片去了。

宋小江冲了上百张照片出来，从中选出最好的一张放大成八吋，镶嵌在木质的相框里；再从中选出几十张来，镶嵌在自制的纸壳里，用黑色的墨水画上黑色边框，黑色边框上排列整齐的白色圆点，像极了电影胶片,照片上的人就成了电影中的女主角。

宋小江用报纸包了那个镶嵌着他自以为拍得最好的照片的相框,来到九思巷的中药房,等几个人拿着配好的药走了以后,他站在玻璃柜台前,小满问他:"药方子呢?"

宋小江拿出用报纸包好的相框给小满,小满问道:"啥子东西哦?"

宋小江说:"你打开看嘛。"

小满拆开报纸,看见相框里的照片,惊讶道:"你咋个会有我的照片?"

宋小江说:"我拍的。"

"你在哪儿拍的,我咋不晓得喃?"小满觉得面前这个人神秘兮兮的,"你是哪个哦?"

"我绝对不是坏人,"宋小江指着那张包相框的报纸,"我是这张报纸的摄影记者,不信你看我的工作证嘛。"

宋小江掏出工作证来给小满看,小满仔细看了工作证上的照片,又看了一眼宋小江,确定是他本人。

包相框的报纸在成都家喻户晓，能在这家报纸当记者，小满解除了对宋小江的防备之心，还有了些好感，但她还是想晓得眼前这个人是在哪里拍的她。

药房对面是5号公馆，那棵大树在5号公馆后面的西二巷，在药房里能看见那棵大树的树冠。宋小江指着远处的树："我爬到那棵树上拍的。"

小满觉得眼前的这个人更神了："那么远，你咋个把我拍得那么清楚嘛？"

"这涉及相机镜头的专业知识，还涉及人物拍摄的技术水平，一句两句说不清楚。"宋小江说，"我还拍了你好多照片，你想不想看？"

小满说："我的照片，我肯定想看噻。"

宋小江邀请小满去他的暗房，小满不晓得啥子叫暗房，听起来有点吓人，就说："算了，我还是不去了，我和你又不熟。"

"一回生，二回熟嘛。"宋小江一脸真诚，"我把工作证都给你看了，我向毛主席保证：我真的不是坏人。"

8

作为见面礼,小满收下了镶嵌着她的照片的相框,也答应了宋小江的邀请,去他的暗房看她的照片。在小满轮休的那一天,宋小江带着小满去了他的暗房,在那家报社的一个角落的红砖房里。宋小江打开门,里面黑黢黢的,小满叫道:"咋个这么黑哦!"

宋小江开了电灯,小满见窗户上挂着厚厚的黑布窗帘,说道:"大白天的,把窗帘拉开嘛!"

小满说着就要去拉窗帘,宋小江赶紧拦住她:"暗房是冲洗照片的地方,必须把外面的光遮得严严实实的。"

几十张镶嵌在"电影胶片"里的照片,用小夹子夹在一根长长的绳子上,小满从左边看起,一边看一边赞叹:"就像看电影一样。"

宋小江说:"小满,不是我当面夸你,你真的比那些电影演员还经看。"

小满心里相信，嘴上却不相信："你是不是见人说人话，见鬼说鬼话哦？"

宋小江举起右手向小满发誓："我敢向毛主席保证，我说的都是真心话。"

这确是宋小江的真心话。报社经常指派宋小江去拍演员，他也拍过电影演员，基本上都是摆拍，笑也是那种露出六颗牙齿的标准微笑，宋小江没感觉到美，只当完成任务，真正让他上心的是拍野生大熊猫。

暗房里的一面墙上也拉着布帘，宋小江拉开布帘，整整一面墙上全部都是大熊猫的照片：大熊猫在吃竹子，大熊猫在树上发呆，大熊猫在竹林里穿行，大熊猫从雪坡上滑下来，大熊猫和熊猫宝宝在雪地里打滚，熊猫妈妈怀抱熊猫宝宝深情对望……在宋小江的镜头里，各种形态的大熊猫憨态可掬，呆萌呆萌的，都是黑白分明的色彩，只有几张灰扑扑的，也不晓得拍的是啥子，宋小江却说这几张照片具有很高的艺术价值。

"我咋看不出来喃？"小满左看右看，"你拍的是啥子哟?"

"熊猫屎。"

小满在心里怀疑宋小江是不是精神方面有问题,嘴上却说:"大熊猫简直成了你的命根子,连它的屎都要拍。"

"小满,你好懂我哟!"宋小江立马将小满视为知音,"你不晓得我们寻找大熊猫有好艰难,大熊猫行踪隐秘,经常十几天都不见它的踪影,能遇见一堆新鲜的熊猫屎,会让研究大熊猫的科学家们欣喜若狂,他们如获至宝,小心翼翼地把熊猫屎装进塑料袋里带回去研究。"

小满觉得好笑:"熊猫屎好臭哟,有啥子好研究的嘛?"

"新鲜的熊猫屎不仅不臭,还有一股竹子的清香。"宋小江说,"一堆熊猫屎可以给科学家提供很多大熊猫生活的信息和数据,他们把熊猫屎晒干,称出竹叶的重量和竹竿的重量,就晓得大熊猫是喜欢吃竹叶还是喜欢吃竹竿;还有,从熊猫屎中能晓得大熊猫在哪些地方活动，因为不同的地方生长着不同品种的竹子。"

"嚯哟，一堆熊猫屎还有这么多的学问！"小满听宋小江说得头头是道，不再怀疑他有神经病，只是好奇他为什么要拍熊猫屎。

宋小江说："新鲜的熊猫屎，光滑的屎面上排列着翠绿的竹屑，远看像啥子，近看像啥子，全凭各自的想象力。艺术品的价值就在于能够激发丰富的想象力。"

小满一直觉得自己是文艺界人士，她崇尚艺术，宋小江说得越多，她越觉得他像个艺术家。

"不是像，我本来就是资格的艺术家。"宋小江纠正道，"看一个人是不是资格的艺术家，主要是看他有没有一双能够发现美的眼睛——我就有一双这样的眼睛，我发现了熊猫屎，我还发现了你。"

小满叫起来："你咋个把我和熊猫屎相提并论嘛?"

宋小江慢条斯理地说："在我眼里，你和熊猫屎有一个共同的特点，那就是美。"

因为小满，只喜欢拍大熊猫的宋小江，开始对人物拍摄有了浓厚的兴趣，当然，拍摄的对象仅限于小满，绝对的唯一。

又到了小满的轮休日，宋小江约小满去成都华西坝的四川医学院拍照。小满很不理解："成都的公园那么多，草堂的浣花溪，望江公园的薛涛井，南郊公园的古柏红墙，川医里头有啥子好拍的嘛？"

"我要拍的是一种很文艺的感觉。"

宋小江见小满穿了一件红方格拉链上衣，里面是一件白衬衫，便要小满带一条素净的裙子。小满说："这两天穿裙子好冷哟！"

"只在拍的时候穿，"宋小江说，"为艺术就得有牺牲精神，我为了拍到大熊猫的一个珍贵镜头，经常在冰天雪地里等大熊猫出现，一等就是好几天，冷得全身都成了冰棍，你这点冷根本不算啥子。"

到了华西坝的四川医学院，宋小江把小满带到一座钟楼前，说："这是川医的标志性建筑，是川医的灵魂，1926年建成的。"

小满以为宋小江要在这里取景为她拍照，宋小江哈哈一笑:"把你和这座钟楼拍在一起,就是'到此一游'的照片。我要给你拍的是有文艺范儿的照片。"

川医除了钟楼这座标志性的建筑,钟楼两边还有好多青砖黑瓦、画栋雕梁、中西合璧的建筑,位于钟楼荷花池东的是名为"嘉德堂"的解剖楼;位于钟楼荷花池西的是名为"懿德堂"的化学楼;最气派的是1915年动工、1920年建成的名为"合德堂"的牙科楼,这是川医作为中国现代口腔医学发源地的历史见证。宋小江说川医最出名的是牙科,就在牙科楼取景了。

小满脱了红格外套,把带来的湖蓝色半截褶子裙扎在白衬衫的外面,从牙科楼后面走出来,仿佛一个清纯的女学生从画中走出来。宋小江眼前一亮,他说小满把白衬衫穿出了初恋的感觉。小满长了一张初恋脸,她是甄画家的初恋,是蒋义的大哥蒋忠的初恋,是梁家老大梁家龙的初恋,还是许多暗恋她的人的初恋。宋小江说不清楚他的初恋发生在啥子时候,也许在那棵大树上,也许在他的暗房里,也许就在眼下,他看见小满向他走来的那一瞬间。

小满问宋小江:"咋个拍?"

"随便你,你想咋样就咋样,"宋小江摆弄着他的照相机,"我对你的要求就两个字:自然。"

小满简直就是为宋小江的镜头而生,她的回眸一笑,她的深情凝视,她的天真好奇,她的翘首眺望,她的低头含羞……宋小江惊叹于小满的镜头感,她在镜头前的松弛自然简直就是与生俱来。

这一组照片冲洗出来,宋小江反复欣赏,陶醉了好久,他自信他拍大熊猫能拍出天花板的水平,没想到拍小满也能拍得这么文艺,拍出了文艺范儿的天花板。

9

这个春天,宋小江对小满展开了疯狂的追求,他把小满的轮休日都安排得满满的,他的理由是"不能

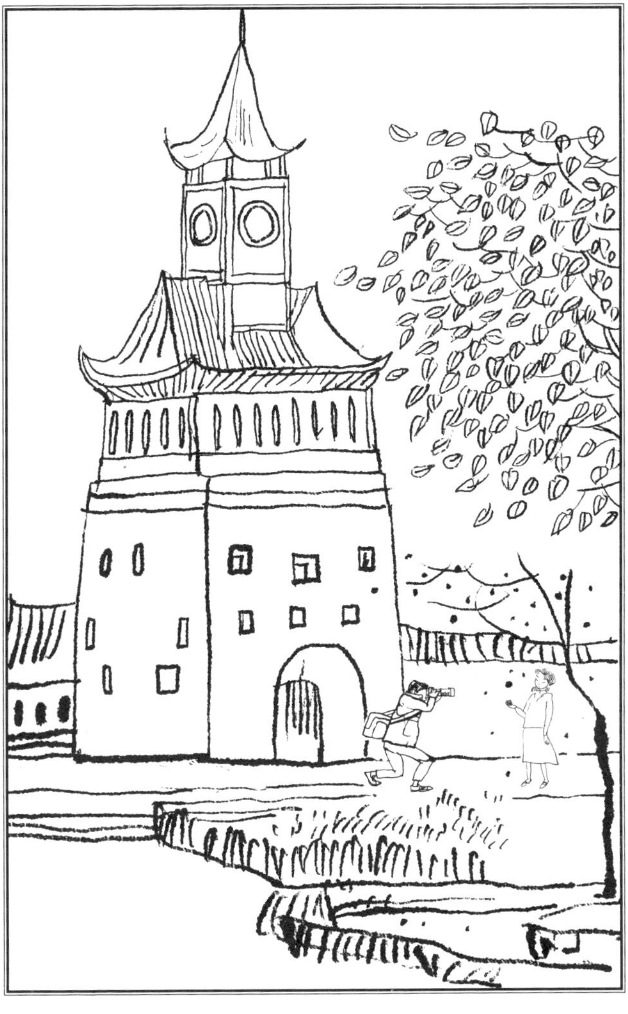

辜负了大好的春光"。宋小江有一辆摩托车,是报社给他配的,他经常骑着摩托车在九思巷招摇而过,摩托的轰鸣声响彻九思巷的上空。九思巷的人都跑出来看热闹,羡慕的人说"好拉风哦",嫉妒的人说"瓜戳戳,骑摩托"。总而言之,九思巷的人都晓得小满和甄画家吹了,现在和一个骑摩托的人在耍朋友。

梁姆姆听见风言风语,在8号公馆的灶房头,一边帮小满剥豌豆壳壳,一边和小满摆龙门阵。她问小满:"你和那个骑摩托的,是真的啊?"

小满娇羞地一笑,说:"人家是搞艺术的,是报社的摄影记者。"

梁姆姆一听说"搞艺术的",就想起了甄画家,甄画家也是"搞艺术的",心里头就有些担心:"小满啊,那些搞艺术的人都是天马行空,两脚不沾地,你还是要找一个体体面面的人,过踏踏实实的日子。"

梁姆姆说的"体体面面的人",暗指我的舅舅。在她的心目中,只有舅舅这样体体面面的人,才能给人见人爱花见花开的小满踏踏实实的日子,才能让那些对小满有非分之想的"癞蛤蟆"望而却步。

小满为宋小江辩护道:"人家好有追求哦!他的奋斗目标就是成为全世界拍大熊猫的第一人,他可以在冰天雪地里死等大熊猫,一等就是好多天。"

梁姆姆不能理解:"他等大熊猫干啥子嘛?"

"为了拍到大熊猫的珍贵镜头噻。"小满说,"梁姆姆,你肯定想不到,他可以把一堆熊猫屎拍成艺术品。"

梁姆姆越听越觉得宋小江是着了大熊猫的魔,小满是着了宋小江的魔,不晓得小满和宋小江的关系到了啥子程度。

"我就是欣赏他,"小满说,"我毕竟也是从文艺界出来的,和搞艺术的人有共同语言。"

"现在有共同语言,以后成了家,还不是柴米油盐酱醋茶。"梁姆姆想为我舅舅做最后的努力,"有一个人,比宋小江更适合你。"

小满问道:"哪个哦?我咋不晓得嘛?"

"梁小猫的舅舅林局长,"梁姆姆说,"人家三天两头给你送红糖，你一点感觉都没得啊？"

"我就是煮了一碗红糖粉子醪糟蛋给他吃，他那天看我把红糖用完了，就送那么多红糖给我，吃都吃不完，梁姆姆，你们屋头人多，你拿去吃嘛！"

舅舅三天两头给小满送红糖，盼着能再吃到小满煮的红糖粉子醪糟蛋，盼到现在也没有吃到第二碗，那一碗红糖粉子醪糟蛋就成了舅舅终生难忘的心头爱。

小满把舅舅送的红糖，都放进梁家的碗柜里，急得梁姆姆直摆手："要不得！要不得！这是林局长对你的情意，林局长对你那是一往情深啊！"

"我和林局长？"小满想起来就好笑，"我跟着梁小猫一直都喊他舅舅哦！"

小满把舅舅视为令人尊敬的革命长辈，舅舅却把小满视为温暖的人间烟火。舅舅每天都在回味那碗红糖粉子醪糟蛋，每天都在憧憬有小满的家庭生活。

人间四月天，桃花朵朵开。

宋小江骑着摩托车轰隆隆地开进九思巷，在8号公馆门前刹住车，正遇上出门买菜的梁姆姆，她好想把这个浑身都是艺术细胞的艺术家看个清楚，无奈宋小江戴着头盔，黑色风衣的拉链拉到下巴那里，浑身上下遮得严严实实，哪里看得见他身上的艺术细胞？

梁姆姆明知故问："你找哪个哦？"

"我找小满，"宋小江说，"我和小满约好的，我今天带她去龙泉山看桃花。"

正说着，小满跑出来，宋小江给她戴上头盔，小满跨上摩托车的后座，宋小江一踩油门，小满赶紧抱住宋小江的腰。梁姆姆目送着摩托车开出了九思巷，一声叹息，她为我的舅舅感到惋惜。

春风浩荡，一路向东，摩托车开上了龙泉山，沿途都是桃树林，桃花开得正好，他们来得正是时候——早几天，桃花还没有开；晚几天，桃花已经开过了。他们来到桃林深处，仿佛置身于一片花海之中。山上的桃林和山脚下的桃林连成一片，盛开的桃花灿若红霞。宋小江的镜头对准小满的脸，拍了许多特写镜头，朵朵桃花衬托着小满的笑靥，天然去雕饰，小满犹如从桃树里长出来的桃花仙子。

从桃树林出来，宋小江带着小满来到东湖边一棵巨大的梨花树下，地上铺着一层厚厚的梨花瓣。宋小江仰面躺在梨花瓣上，小满躺在他的身边，他们都闭上了眼睛。雪白的梨花瓣，就像雪花一般，从梨树上纷纷飘落下来，落在小满和宋小江的身上，不一会儿，他们的身上便盖上一层厚厚的梨花瓣，犹如盖上了一床松软芬芳的梨花被。

他们醒来时，已近黄昏。宋小江一跃而起，慌慌忙忙地说："我们赶紧走，我明天还要去卧龙山。"

小满问道："咋这么急呢？"

"我昨天才得到通知，忘记给你说了。"宋小江对小满说，"大熊猫在春天活动频繁，我那几个研究大熊猫的哥们儿要去给大熊猫安装无线电颈圈，约我一起去。这是难得的和大熊猫近距离接触的好机会，机不可失，时不再来。"

小满问道："为啥子要给大熊猫安装无线电颈圈？"

宋小江心里着急，三言两语地敷衍小满："就是跟踪大熊猫去过哪些地方，啥子时候睡觉，啥子时候吃东西。总而言之一句话，为了全方位地观察大熊猫。"

在回成都的路上，宋小江把摩托车开得飞快，小满把宋小江的腰抱得紧紧的，把她的脸贴在宋小江的背上。开到东门大桥时，摩托车差点追尾一辆大货车，宋小江一个急刹车，摩托车侧翻在地，宋小江和小满都重重地摔在地上。宋小江在摩托车倒地的刹那间，他的第一个动作是检查他的相机，他身上有没有摔伤他也不在乎，一直在摆弄他的相机。此时此刻，他只关心他的相机有没有摔坏，摔坏了明天咋个去卧龙山拍大熊猫嘛？

小满的右脚拐拐一阵钻心的痛，她站不起来了。她伸手想让宋小江扶她起来，宋小江似乎已经忘记了她的存在。小满愤怒地大叫一声："宋小江！"

宋小江这才反应过来，他赶紧跑到小满的身边，想把小满扶起来，小满甩开他的手："我死也不要你管！"

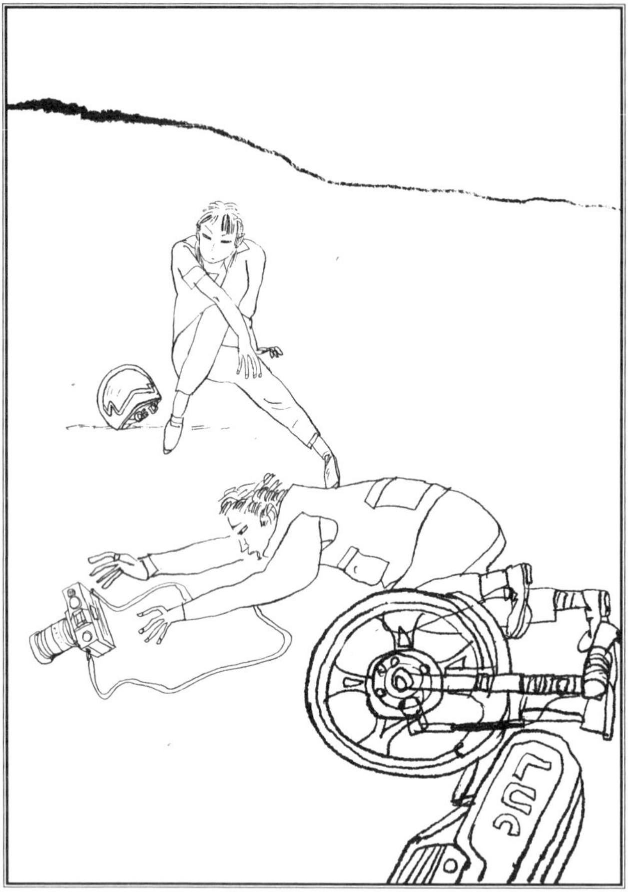
LUC

10

宋小江把小满送到东门街骨科医院,诊断的结果是右脚踝软组织挫伤。医生给小满敷上难闻的膏药,纱布绷带缠了一圈又一圈,还开了止痛的药,对宋小江叮嘱道:"伤筋动骨一百天,要卧床休息,受伤的脚尽量不要沾地,三天来换一次药,晓得不?"

宋小江点头哈腰:"晓得了!晓得了!"

宋小江把小满送回8号公馆,还把她抱上了楼,让她躺在床上,给她盖上被子,把止痛药放在床头柜上。小满冷冷地对他说:"你明天还要早起,早点回去!"

宋小江如获特赦令,他心里惦记着和那几个研究大熊猫的科学家约好的,明天一大早就要去卧龙山,虽然他不忍心丢下小满就这么离开,但他又不愿失去近距离拍摄大熊猫这个千载难逢的好机会。心一硬,宋小江头也不回地离开了8号公馆。

第二天早晨，8号公馆该上学的都上学去了，来了一位手捧鲜花、头发乱糟糟的眼镜男，他站在小洋楼下向楼上喊道："小满！小满！"

眼镜男把梁姆姆从灶房里头喊出来了，她一看眼镜男是从来没有见过的，还看他捧着一束鲜花，以为又是那些想吃天鹅肉的"癞蛤蟆"，便没好气地问道："你是哪个哦？"

"我是受朋友之托来看望小满的。"

梁姆姆又问道："你的朋友是哪个嘛？"

"报社的摄影记者宋小江。"

"哦，就是那个骑摩托车的。"梁姆姆面有不悦，"昨天我还看见小满坐在他的摩托车上，开得飞叉叉的。"

"所以嘛，出事了。"眼镜男对梁姆姆说，"昨天，他们去龙泉山看桃花，回到成都天都黑了，结果就在东门大桥出事了，小满把脚拐拐摔伤了。"

"怪不得昨天晚上，我的眼皮子跳个不停，原来是小满出事了。不晓得小满伤得重不重。"

梁姆姆带着眼镜男上了楼，一进小满的房间，满屋子都是膏药的味道，小满躺在床上，一只枕头垫在受伤的脚下，敷在里面的膏药渗出来把白色的纱布绷带都染黄了。梁姆姆的眼圈红了，小满反而安慰梁姆姆："没得啥子，骨头又没有断，只是伤了脚拐拐的软组织。"

"虽然骨头没有断，还是大意不得，伤筋动骨一百天。我去给你做早饭，你想吃啥子嘛？"梁姆姆把眼镜男叫到小满的床前，对他说："有啥子话，你自己跟小满说。"

梁姆姆下楼给小满做早饭去了，眼镜男捧着鲜花，像个犯了错误的小学生站在小满的床前，自我介绍道："我是宋小江的毛根儿朋友，从小一起长大的。他今天一早和那几个科学家去了卧龙山，把你托付给我，让我来照顾你。"

小满的眼泪夺眶而出："他还是走了，我还不如他的大熊猫。"

"话不能这么说,你是你,大熊猫是大熊猫,特殊情况下的爱情和事业,就像鱼和熊掌不可兼得。"

小满赌气道:"我和他没得爱情。"

"咋没得嘛?宋小江昨天半夜三更跑来找我,把他所有的钱都给了我,喊我每天买一束鲜花献给你,表达他对你的歉意和爱意。"

眼镜男把鲜花插在床头柜的玻璃花瓶里,对小满说:"你就把花当作宋小江,天天守护在你的身边。"

小满想起来了,宋小江在暗房给她看熊猫屎的照片时,说他有个铁哥们儿,艺术感觉特别好,很多人都看不懂熊猫屎的照片,这个铁哥们儿具有超乎常人的想象力,给了熊猫屎照片许多独特的解读,他说这个铁哥们儿是这个世界上唯一懂他的人。

"你是不是那个能看懂宋小江拍的熊猫屎照片的人?"

眼镜男一脸茫然,在心里琢磨小满话里的意思。

小满说:"宋小江说你是这个世界上唯一懂他的人。"

眼镜男惊喜道:"没有想到,我在宋小江的心目中是这样的人。"

小满说:"我还不晓得你叫啥子名字。"

"姓白名浪,白浪。"

"白浪?"小满笑起来,"你这个人看起来一般,名字倒不一般。"

眼镜男赔着笑,露出两颗龅牙:"其实,很多人都不叫我白浪,他们都叫我白日梦。"

小满觉得奇怪:"白日梦?啥子意思嘞?"

"他们都说正常人做梦都是在晚上,我是大白天做梦,所以他们都叫我'白日梦'。"

小满问道:"宋小江叫你啥子嘞?"

"宋小江也叫我白日梦。他说写小说的人必须有做白日梦的天赋,才写得出小说来。"

"原来你是写小说的呀!"小满问白日梦,"你有啥子作品嘞?"

"还在孕育中。"白日梦怕小满听不懂,又补充道,"我一直在构思一部长篇小说,写出来也许就是一部惊世的巨著。"

小满在心里笑道：真是名副其实的"白日梦"。比如现在，就是在大白天睁着眼睛说梦话。她问白日梦："你做白日梦，还是要吃饭嚜，你在哪里挣饭钱喃？"

"在群众文化馆，那里不仅是做白日梦最好的地方，还是自由支配时间最好的地方。"白日梦问小满，"我现在就去给你买好吃的，你想吃啥子喃？"

小满说："我想吃啥子我晓得给梁姆姆说，就不麻烦你了，我怕耽误你做白日梦。"

"我和宋小江是一起长大的毛根儿朋友，他的事就是我的事。既然他把你托付给我，我就要对你负责到底。——哦，小满，你不要误会哈，我的意思是在你伤筋动骨的一百天里，我要对你负责到底。"

听见梁姆姆上楼的脚步声——她给小满送早饭来了，白日梦走出小满的房间，梁姆姆叫住他，说："伤哪儿补哪儿，你去给小满买两个猪脚脚回来，给她炖蹄花儿汤。"

"要得！要得！我马上就去！"

白日梦从肉铺子买回来一根猪脚脚,梁姆姆一看就叫起来:"你咋买这么长一根猪脚脚哦?"

"你看清楚哈,这是猪的右前脚,"白日梦把猪脚脚伸到梁姆姆的眼前,说,"小满伤的是右脚的脚拐拐,你不是说伤哪儿补哪儿嘛?普通的猪蹄子连脚拐拐都没得,咋个给小满补嘛?我好话说了一箩筐,卖肉的师傅完全被我感动了,才给我挑了一根带脚拐拐的右前蹄。"

梁姆姆对白日梦顿时有了好感,禁不住数落起宋小江来:"你硬是对你那个开摩托车的毛根儿朋友忠心耿耿的,他倒洒脱,把人家小满摔成这个样子,屁股一拍,走了。"

白日梦竭力为宋小江开脱:"我那个毛根儿朋友绝对不是无情无义的人,他心里头还是有小满的。只是不巧得很,这次能够近距离地拍摄大熊猫,确实是千载难逢的好机会,机不可失,时不再来,要怪就怪他的追求太执着了。"

梁姆姆拿出一个夹毛的小夹子,让白日梦把猪脚脚上的毛夹干净，白日梦说了声"看我的"。他把猪脚脚拿到蜂窝煤上翻来覆去地烤，烤得黑黢黢的，再泡进水里用刀刮，一边刮一边对梁姆姆说："一举两得，去掉了毛，还去掉了皮腥味儿，这才是把蹄花儿汤炖得雪白的窍门儿。"

梁姆姆看白日梦把猪脚脚刮得白生生的，夸赞道："看不出来，你硬是啥子都懂哈！"

白日梦毫不谦虚："不瞒你说，我们这些人懂艺术，更懂生活。"

11

第二天是星期天，白日梦捧着鲜花又来到8号公馆，梁家人都在客堂里吃早饭，蒋义也在，他来约小哥去后子门体育场踢足球。他见白日梦捧着鲜花直接上了楼，问道："他找哪个哦？"

大双阴阳怪气地说："捧着鲜花来的，除了找小满,还会找哪个？"

小双小声说道："小满不是和那个骑摩托的……"

梁姆姆叹息一声,说："唉,说起来话长,这个人是那个骑摩托的毛根儿朋友,好得就像小弟和蒋义的关系。小满坐在摩托车上,骑摩托的把摩托车开翻了,小满的脚摔伤了,这个人叫白日梦,是帮那个骑摩托的来照顾小满的。"

蒋义愤愤不平："那个骑摩托的为啥子不亲自来照顾小满姐姐？"

梁姆姆说："人家潇洒得很,去卧龙山拍大熊猫去咯。"

大双幸灾乐祸地说："长那么漂亮有啥子用嘛！还不如大熊猫。"

在8号公馆,大双最讨厌的人就是小满,要说理由,就是小满长得人见人爱花见花开。

第三天一早,白日梦捧着鲜花又来了,他把昨天送来的花换下来,把今天送的鲜花插进花瓶里。小满提醒他："我今天要去医院换药哈！"

"我晓得,我这就背你去。"

"你背我?"

"你怕我背不动你?"看小满憋住笑的样子,白日梦拍拍他单薄的身板儿,"我们这些人瘦是瘦,有肌肉。"

白日梦背着小满下了楼,走出了8号公馆。小满在白日梦的背上说:"你背累了,就把我放下来歇一会儿哈!"

白日梦说:"你不要小看我嘛,东门街又不远,我一口气就能背到。"

小满在白日梦的背上,感觉到从未有过的安全感,还有说不清道不明的归属感,她搂紧了白日梦的脖子,以为这样可以减轻她在白日梦背上的重量。

在东门街骨科医院换了药,白日梦又把小满背回8号公馆。他把小满放在床上,将一个枕头垫在小满缠着绷带的脚下,又下楼去灶房给小满热蹄花儿汤。

白日梦端着一碗雪白的蹄花儿汤——上面还飘着几颗翠绿的葱花儿,来到小满的床前。小满努着嘴,吹开汤面上的葱花儿，喝了一口汤，说："好香啊！"

白日梦被小满吹汤的嘴迷住了，在心里构思：如果在小说中要用一个词来形容小满吹汤的嘴，非"性感"一词不可。他嘴上回应小满的话，却把"性感"一词用在了葱花儿上：

"主要是放了性感的葱花儿。"

小满笑起来："你们这些写小说的简直要上天，居然可以用'性感'来形容葱花儿。"

小满喝完蹄花儿汤，让白日梦坐在她的床边，说有话要跟他说。

"从明天起，你就不要给我送花了……"

"为啥子嘛？"白日梦急得打断小满的话，"宋小江让我天天给你送花，这才送了三天，我对宋小江发了誓的，我必须遵守我的诺言。"

"每天都送，好浪费钱哟！"

"钱算啥子嘛？钱在爱情面前就不值一提。"白日梦说，"宋小江一而再、再而三地求我，求我每天给你送一束鲜花，表达他对你的爱和对你的歉意……"

"不要说了，我不听！"小满长长的睫毛上挂着亮晶晶的泪珠，"那天在东门大桥上，我就死心了，在他的心里，我还不如他的相机，更不如他的大熊猫。"

白日梦本来还想为宋小江辩解，可眼前泪眼婆娑的小满，令他心痛不已。小满说："我不喜欢那些虚头巴脑的东西，我们还是现实点，宋小江给了你好多钱？"

"二百七十多块，这是他所有的钱，一分钱都没有给自己留。我算了一下，这些钱够买一百天的鲜花，一百天以后，你也康复了，他也回来了，我就把你还给他。"

小满杏目圆瞪："把我还给他，你把我当成东西嗦？"

"该打！该打！"白日梦打着自己的嘴巴，"言多必失！言多必失！"

小满拉住白日梦的手，不让他打自己："你听我给你说，你用宋小江给你的钱，去买一辆自行车，再把自行车改装成耙耳朵车，你骑着它送我去医院换药，拉我去逛街，比天天送我花要实惠得多。"

"啥子喃?"白日梦吓得眼镜掉下来,挂在鼻尖上,"你要我骑耙耳朵车?"

小满笑嘻嘻地帮白日梦把眼镜扶到鼻梁上:"你咋个大惊小怪的哦?骑耙耳朵车又不是好难的事情,会骑自行车就会骑耙耳朵车。"

白日梦哭笑不得:"骑耙耳朵车的男人都是结了婚怕老婆的男人,我还没有结婚,你就要我当耙耳朵嗦?"

"哪个规定的结了婚的男人才能骑耙耳朵车?怕老婆的男人都是爱老婆的好男人,你不想当好男人嗦?"小满不耐烦地说,"反正我不要你送花,你不要再来了。"

12

第四天,白日梦果然没有来送花,小满有些后悔:我昨天是不是把话说绝了?

第五天，白日梦来了，两手空空，没有鲜花。小满心里一阵欢喜，嘴上却哼了一声："我还以为你真的不来了。"

"我对宋小江是有承诺的，在你伤筋动骨的一百天里，我不可能不来。"白日梦说，"我昨天去买了一辆自行车，按照你的吩咐，安装成了耙耳朵车。"

"真的呀？"小满顿时来了精神，"你现在就拉我出去兜一圈，一天到晚憋在这屋子里头，人都快憋疯了。"

白日梦背着小满下了楼，那辆耙耳朵车就停在8号公馆的门口，梁姆姆手里拿着一根有脚拐拐的猪脚脚，正前后左右地打量崭新的耙耳朵车。

"小满，你看人家白日梦好把细哦，脚踏板上还给你安了个铁架子。"

白日梦说："医生说的，受伤的脚要放高些，血流才畅通。"

白日梦把小满放在车斗上，小满把受伤的右脚搁在铁架子上，十分满意："好安逸哦！"

梁姆姆对白日梦说:"你第一次骑耙耳朵车,先在九思巷骑几个来回练好技术,再正式上街哈!"

白日梦连耳根子都是红的,不好意思去骑耙耳朵车,他能躲一会儿是一会儿:"我还是先去炖蹄花儿汤。"

"我来帮你炖。"梁姆姆把手中的猪脚脚拿给小满看,"你看这根猪脚脚是白日梦刚刚才买的,他每次买的都是有脚拐拐的右前蹄,他对你好用心哦!"

"不,不是我,是宋小江。"白日梦赶紧声明,"我做的这一切,都是宋小江叫我做的。"

梁姆姆一副不屑的表情:"那个宋小江,只晓得把摩托车骑得飞叉叉的,就说伤哪儿补哪儿,他有心为小满跑几个肉铺子去挑有脚拐拐的右前脚啊?我看除了你白日梦,没有哪个男人做得到。"

梁姆姆越说,白日梦越尴尬,他赶紧骑上耙耳朵车,按照梁姆姆的吩咐,先在九思巷骑几个来回练练手。

为了从尴尬中解脱出来,白日梦没话找话,他问小满:"你住在九思巷,晓不晓得九思巷是啥子意思?"

"不晓得,"小满问白日梦,"你晓得啊?"

"九思巷是个很有文化的巷名,'九思'出自《论语》中'君子有九思:视思明,听思聪,色思温,貌思恭,言思忠,事思敬,疑思问,忿思难,见得思义'。"

"嚯哟,好深奥哦!啥子意思喃?"

"这'九思'是人格教养的精华浓缩,深究起来,三天三夜都讲不完,总而言之一句话,这'九思'是一个人应该具备的修养和品格。"

小满对白日梦刮目相看:"嚯哟,你好有学问哦!"

"不足挂齿,不足挂齿。"白日梦沾沾自喜,"不瞒你说,我还晓得你出生在农村,你的父母都是农民。"

"你咋晓得的喃?我说一口标准的成都话,长了一张标准的成都脸,穿得又洋气,不到十岁就来了成都,哪点不像成都人嘛?"

白日梦笑而不答,又说:"我还晓得你的生日,不是五月二十号,就是五月二十一号;不是五月二十一号,就是五月二十二号,反正是这三天中的其中一天,对不对?"

"天哪!你会算命啊?"

"是你的名字,暴露了你出生在农村和你的生日。"白日梦侃侃而谈,"'小满'是二十四节气中的一个节气,在五月二十号和五月二十二号之间,所以我晓得了你的生日。二十四节气是古代农耕文化的产物,到了啥子节气,农民就干啥子农活儿,可以说,二十四节气就是农民的生活宝典。你恰好生在'小满'这一天,所以,你当农民的父母就给你取了'小满'这个名字。"

"嚯哟,你硬是懂得多哦!"小满对白日梦有点崇拜了。

白日梦蹬着耙耳朵车在九思巷蹬了几个来回,九思巷的人都跑出来了,对白日梦指指点点,七嘴八舌地议论道:

"小满找了个啥子人哟?她是不是脑壳里头进水咯?"

"哦豁，挑来挑去，挑了个漏灯盏。"

"你说那么多人追求她，她咋一个都看不上喃？"

"我原来还以为她的眼光有好高，可惜了，一朵鲜花插在了牛粪上。"

小满心里头晓得爱管闲事的这些人说不出啥子好话来，她有办法来对付这些"毒舌"。她对白日梦说："随便他们咋个说，你都不要心虚哈，看我的！"

小满一脸灿烂的笑容，热情地和那些七嘴八舌的男男女女打招呼：

"李太婆，你出来晒太阳啊？"

李太婆就像被人捉了现行，赶紧回到院子里。

"张姐姐，你今天不上班啊？"

张姐姐不好意思地笑笑，突然想起有急事的样子，小跑起来。

"王大爷，你今天不去公园喝茶啊？"

王大爷尴尬地说着"就去，就去"，真的就去公园喝茶去了。

"赵姆姆，你们屋头的猫跑了呀？"

赵姆姆赶紧学两声猫叫，假装找猫的样子。

七嘴八舌的男男女女都散去了，九思巷又恢复了往日的宁静。

13

白日梦在九思巷练好了骑耙耳朵车的技术，可以正式上街了。他问小满："你今天想去哪儿嘛？"

小满说："我想去春熙路。好久都没有去逛春熙路了。"

"怪不得春熙路上的美女那么多，原来美女都爱逛春熙路。"

小满问白日梦："你是不是经常去春熙路看美女哦？"

"美女不能说'看'，要说'打望'，"白日梦老老实实地交代，"我和宋小江去打望过几回。"

一听宋小江的名字，小满的脸色就不好看，白日梦赶紧对小满说："打望归打望，宋小江对女人的品位那不是一般的高，从来没有对哪个女的动过心，除了你之外哈。小满，我敢向毛主席保证：你是宋小江的初恋。"

小满正色道："白日梦，我和你立个规矩：以后你在我面前，少提'宋小江'三个字。"

14

白日梦蹬着耙耳朵车，每隔三天送小满去东门街骨科医院换一次药，剩下的时间就听小满的吩咐，她想去哪儿，白日梦就拉她去哪儿，小满和他开玩笑："我想上天喃？"

白日梦说："你想上天，我就给你搭梯子。"

和白日梦相处的这些日子，小满的心情也像这个春天一样美好，她说："我这是因祸得福，我不摔这一跤，我还坐不上你蹬的耙耳朵车，去那么多的地方，听你摆那些长知识的龙门阵。"

白日梦顺势说道:"所以,你应该感谢人家宋小江。"

小满立刻变了脸色:"白日梦,你忘了我和你立的规矩?不许你在我面前提那三个字!"

白日梦赶紧转移话题:"小满,你明天想去哪儿喃?"

小满说:"我想回一趟老家,就是有点远,在郫县的红光公社。"

"不远不远,毛主席都去过的地方。"白日梦说,"我们明天早点走。"

第二天,天刚麻麻亮,白日梦就来到8号公馆,梁姆姆也刚起床,她打着哈欠来给白日梦开门,说:"你咋这么早就来了喃?"

白日梦说:"小满要回郫县的老家,早点走,免得小满晒太阳。"

梁姆姆心里一阵感动,说:"你对小满硬是巴心巴肝的哈。"

白日梦向梁姆姆借了气枪，给耙耳朵车的三个轮胎都加满了气，又到厨房热了蹄花儿汤给小满端上楼。等小满喝完了蹄花儿汤，白日梦把小满从楼上背下来放在耙耳朵车上，从九思巷出发了。

一路向西，白日梦蹬着耙耳朵车直奔郫县红光公社。过了郫县的地界，太阳才从地平线上冉冉升起，万道金光照耀在希望的田野上，麦田里饱满的麦穗，在风中摇摆；油菜籽田里油菜秆上结满了菜籽荚，在风中窸窣作响；辣椒地里吊满了二荆条辣椒，现在还是嫩绿嫩绿的，等每一根都变成红彤彤的时候，就可

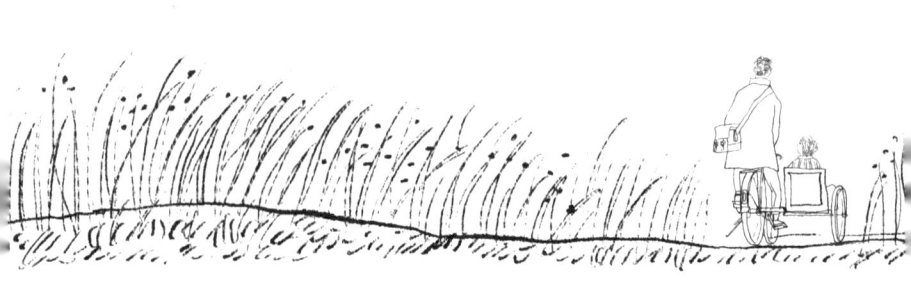

以做郫县豆瓣了。

眼前一派丰收在望的喜人景象,小满却有些伤感,甄画家在郫县插队的那些过往,如演电影般一幕幕浮现在她的脑海里。小满要把甄画家从她脑海里赶走,便主动向白日梦讲起了她的家庭:"我不到十岁就被选去成都学唱清音,十八岁那年,第一次领到工资,我留下一半,把另一半给我妈老汉儿送回去。一直到现在,每月领到工资,我都送一半回去,供养我妹妹上学。我最疼爱我的妹妹谷雨,她是个聋哑人,我把她送到成都的聋哑学校上学,吃住都在学校,我妈老汉儿总嫌贵。为了让我妈老汉儿放心,我向他们保证我会照顾谷雨一辈子。我妈老汉儿还是不放心,他们怕我结婚以后,给我的小家庭带来负担。我又向他们保证:我未来的丈夫,必须和我一起照顾谷雨,我才肯嫁给他。"

白日梦赶紧说:"没得问题,宋小江侠肝义胆慷慨得很,他一定会和你一起照顾你这个聋哑妹妹。"

小满一声尖叫:"白日梦!"

白日梦自知又说漏了嘴,小满听不得"宋小江"三个字,一时不晓得说啥子好。小满咄咄逼人,问道:"白日梦,如果是你,你愿不愿意和我一起照顾我妹妹,照顾她一辈子?"

"我?"白日梦惊慌失措,"我就是有那个心,也没有那个资格。"

小满步步紧逼:"如果我说你有那个资格喃?"

小满等着白日梦回答,白日梦却想逃避这个话题,问小满的家还有好远。小满指着前方一片茂密的竹林,说:"快到了,就在前面那个林盘里头。"

川西坝子都是这样的格局,农田边出现浓密的竹林,必有农舍隐藏其中。进了那片竹林,果然看见一排青砖瓦房,房前是一块四四方方的晒坝,屋里头的收音机正在播放热门歌曲《社员都是向阳花》。小满喊了一声:"爸,妈,我回来咯!"

只见小满爸和小满妈一前一后从屋里头跑出来。小满爸五十开外,还是身板硬朗的精壮汉子。小满妈虽然梳着两条辫子,穿着花衣裳,面相却比小满爸显老。看小满坐在耙耳朵车上，跷在铁架子上的那只脚还缠着绷带，小满妈便扑过来抱着小满："咋个受伤了喃？我这些天整夜整夜地睡不着觉，做梦都在盼你回家，都过了这么多天，咋个还不回来喃？"

小满说："妈，你好搞笑哦，你觉都睡不着，咋个做梦嘛？"

小满每月发了工资后的那个轮休日，是铁定要送钱回家的。这些年，父母用小满拿回来的钱，不仅供小满的妹妹谷雨读了成都的聋哑学校，还盖了这一排青砖瓦房。这个月小满把脚摔伤了，所以晚回来了几天。

"你回来，我们就放心了。"小满爸这才意识到还有一个骑耙耳朵车的人，便问白日梦："你是哪个喃？"

"伯父好！伯母好！"白日梦分别给小满的爸妈鞠了躬，"我是帮朋友照顾小满的，我朋友出差了，不晓得啥子时候能回来。伤筋动骨一百天，我就负责照顾小满一百天。"

"帮朋友？"小满爸满腹生疑，又问道，"你的朋友又是哪个喃?"

小满怕白日梦说出"宋小江",做出不耐烦的样子:"哎呀,我的肚子都饿了,你们快去做饭嘛,我们吃了,还要赶回成都。"

小满爸对小满妈说:"去把那只老母鸡杀了,给小满补补身子。"

"不要麻烦了,我天天都在补,"小满说,"就给我们做点新鲜菜吃。"

"要得!要得!"

小满妈连声应着,忙去屋后的菜园子采摘新鲜蔬菜。菜园子虽然不大,应季蔬菜应有尽有,被小满爸爸打理得郁郁葱葱,长势喜人。每次小满回家,都要带一些应季蔬菜回去送给梁姆姆,梁姆姆做给全家吃了,梁医生最会品味,他一边吃一边点评:"这才是真正的菜,吃得出菜的原汁原味。"

不一会儿,小满妈妈便做好了三菜一汤:凉拌菜是嫩胡豆拌折耳根,素菜是花椒和干辣椒炝炒莴笋尖儿,荤菜是腊肉丝丝炒蒜薹,汤是番茄蛋花儿汤。只看颜色，白日梦的清口水就冒上来了，生机勃勃的折耳根和白白胖胖的嫩胡豆拌在一起，油亮的腊肉丝丝和青翠的蒜薹炒在一起，被花椒和干辣椒炝炒后的莴笋尖儿依然那么鲜嫩，鲜红的番茄、金黄的蛋花儿和碧绿的葱花儿色香味俱全，令人食欲大增。

为将就小满，小满爸爸搬了一张小方桌放在耙耳朵车的旁边，小满就坐在耙耳朵车上吃，小满爸妈和白日梦坐在小板凳上吃。小满爸爸拿起筷子，招呼道："吃哦吃哦，都是自家菜园子种的菜，家常便饭，不要客气哈！"

白日梦本来还想客气一番，先是斯文地夹了一根折耳根裹着一颗嫩胡豆送进嘴里，刨了一口米饭，筷子就停不下来了。小满和她爸妈东一句西一句地摆着龙门阵，白日梦也插不上话，正好埋头干饭，一口气干了三斗碗白米干饭——小满爸妈的眼睛都直了，他们还从来没见过这么能吃的城里人。

白日梦不好意思地笑笑："这些菜太下饭了。"

小满也为白日梦打圆场："人家好累嘛，骑了那么远的路,肯定要吃三斗碗噻。"

小满说着,一巴掌打在白日梦的脸上,白日梦捂着脸叫道:"你打我干啥子?"

"我看见一只蚊子在咬你。"

白日梦把手从脸上拿下来,果然有一只墨墨蚊死在血迹中,那是白日梦的血。小满说:"夏天还没有到,墨墨蚊就这么凶!"

小满爸说:"去年的蚊子活到今年,肯定凶噻。"

白日梦又捡到一个写小说的素材:潜伏了一个冬天,挣扎了一个春天,夏天都快到了,最终死在幸福的日子来临之前。

小满爸妈收拾了碗筷去厨房,小满妈在小满爸的耳边悄声说:"好吃得哦!我看他配不起我们小满。"

"人不可貌相,海水不可斗量。"还是小满爸格局大,"人家都说了,是帮朋友照顾小满一百天,人家把小满照顾得那么好,吃你三斗碗白米干饭,你就心痛了嗦?"

15

过了几天,白日梦对小满说:"明天是你妹妹的生日,我们买个生日蛋糕给她送去嘛。"

小满惊讶道:"你咋晓得明天是我妹妹的生日?"

"和你一样,是她的名字暴露了她的生日。"白日梦说,"谷雨也是二十四节气中的一个节气,是春天最后一个节气,就在明天,四月十九号。"

第二天正好是星期天,白日梦去耀华食品厂的门市部买了一个生日蛋糕,和小满去了西门车站旁边的聋哑学校。见到谷雨,白日梦惊为天人,惊叹她有小满一样的容貌,不能说话,却有一双会说话的眼睛。就在见到谷雨的那一刹那,白日梦竟有了要和小满一起照顾谷雨一辈子的冲动。

谷雨跪在耙耳朵车旁,捧着小满缠着绷带的脚,泪流满面。她抬起泪眼,眼睛里都是问号。小满用手语告诉她，骨头没有断，伤得不严重。小满又指指白日梦，用手语告诉谷雨，有他照顾，她会很快好起来。谷雨站起来，恭恭敬敬地给白日梦鞠了一个躬，白日梦连连摆手，他看懂了，谷雨是在感谢自己照顾她姐姐。

白日梦捧上生日蛋糕，祝谷雨生日快乐。谷雨又哭了，小满告诉白日梦："谷雨长这么大，还没有吃过生日蛋糕。"

谷雨破涕为笑，她指指白日梦，又向小满竖起大拇指。小满明白她的意思，她夸小满为她找了一个好姐夫，小满没有解释，默认了白日梦是谷雨未来的姐夫哥。

过了谷雨的节气，春天便过完了，夏天的第一个节气"小满"接踵而至。五月二十号是小满的生日，白日梦要去给小满订一个生日蛋糕，小满说浪费钱，白日梦坚持道："仪式感还是必需的噻。"

小满从小离开父母到成都生活，每年过生日，她都会去买鱼买乌龟或者买一只小鸟放生，祝它们获得新生，获得广阔的天地和自由的生活，也祝自己生日快乐。今年的生日有白日梦和她一起过：上午，白日梦蹬着耙耳朵车拉小满去天回镇买了几只小乌龟；下午，白日梦拉着她到锦江河边把小乌龟放进河水里，几只小乌龟带着小满的祝福，快活地游向远方；傍晚，他们回到8号公馆，梁姆姆为小满煮了一碗生日长寿面，面条上卧着一个炸得焦黄的荷包蛋。梁姆姆真的把住在8号公馆的人都当成一家人，无论是斯小姐过生日还是小满过生日，她都会煮一碗生日长寿面送上楼。

小满吃完生日长寿面，天色也暗下来。今天是小满二十三岁的生日，白日梦在生日蛋糕上插上二十三根细细的生日蜡烛，一根一根地点燃，拍着手一个人唱完了《生日歌》，然后让小满许愿。

小满站在生日蛋糕前，双手合十，闭上眼睛，长长的睫毛微微颤抖，在烛光的辉映下，娇俏的脸儿更显生动。

小满睁开眼睛，眼睛里有两颗星星。她问白日梦：

"你想不想晓得我许的是啥子愿?"

"说不得哈!"白日梦一本正经地告诫小满,"你说出来就不灵了。"

"我偏要说给你听!"小满说,"我想嫁给你!"

白日梦吓得眼镜又掉在鼻尖上,他假装幽默:"小满,你是不是因为我的外号叫'白日梦',硬要给我一个做白日梦的机会?"

"我再给你说一遍:白浪,我想嫁给你!"

听小满直呼他的大名,白日梦晓得蒙混不过去了,他也收起嬉皮笑脸,正儿八经地说道:"小满,尽管你听不得'宋小江'三个字,但是没有他,我也不可能和你扯上关系,我准备从方方面面来分析一下宋小江,供你参考。其一,我和宋小江是一起长大的毛根儿朋友,凭我对宋小江的了解,我可以负责任地说,宋小江是个正直善良的好人;其二,我和宋小江高山流水,是艺术上的知音,宋小江一心沉迷于拍大熊猫,凭我对他的预判,他完全有可能成为全中国甚至全世界拍野生大熊猫的第一人;其三,宋小江出身高干家庭,他的家庭条件和我的家庭条件那是天壤之别,他能够给你富足的物质生活,而我是完全不可能的;其四……"

"我承认你说的都是事实。但是——"小满打断白日梦的话,"我只记得那天在东门大桥上出事的第一时间,他不管我的死活,也就在那一时刻,我的心死了——我在他的心中还不如他的照相机,这个男人我不能要!"

白日梦哭丧着一张脸:"小满,你和宋小江,真的一点可能都没有?"

"没有!"小满干干脆脆,不留一点余地,"我要的男人就是你这样子的,全心全意地对我好。"

白日梦无可奈何地说:"我也是为朋友两肋插刀。"

"就是嘛,你为了朋友都可以两肋插刀,以后我成了你的老婆,你对我还不肝脑涂地?"

这就是小满的思维,白日梦的理性比拼小满的任性,只有节节败退。白日梦还是顾虑重重:"小满,你让我咋个面对宋小江嘛?"

"咋个不好面对嘛?"小满理直气壮,"你爱我,我爱你,天经地义。"

"别人咋个看我嘛?"白日梦哭丧着一张脸,"我要对别人说我要和一个有'如花似玉、落雁沉鱼'之貌的美人结婚,没得哪个会相信,肯定都要问我是不是又在做白日梦。"

"一个顶天立地的男子汉,咋个能活在别人的眼睛里?"小满撂下一句狠话给白日梦,"我就给你明说,你就是不和我结婚,我也绝不可能嫁给宋小江!"

小满已经把话说到这份儿上,白日梦无路可遁。他求小满给他几天时间,他要冷静冷静,便匆匆离开了8号公馆。

16

过了几天,白日梦出现在小满的面前,小满已经做好了被拒绝的心理准备,她十分坦荡:"世上的男人千千万万，我就不相信我小满找不到一个像你对我那么好的人。你放心，我不会在你这棵树上吊死。"

"小满，我已经决定了！"白日梦一副视死如归的样子，"我要和你结婚！"

小满是深明大义的刚烈女子，是典型的成都女人的脾气：拿得起，放得下，想得开。在白日梦消失的这几天里，她把各种可能性都想了一遍，无论白日梦给她啥子样的答复，她都可以坦然接受。

"要结就马上结，免得夜长梦多。"

"急不得！急不得！"白日梦说，"我现在还没有房子。我们家只有两间房，以前，我的两个姐姐还没有出嫁，我父母住一间，我的两个姐姐住一间，宋小江家的房间多，他单独有一个房间，他就叫我和他一起住。后来，我的两个姐姐都出嫁了，我才回家在两个姐姐住过的房间支了一张行军床，全家人吃饭在这间房，客人来了也在这间房。等我们单位给我分了房子，我们再……"

"等你们单位给你分房子，我都成老太婆了。"小满说,"我这间房子虽然不大,两个人还是住得下,隔壁子就是我上班的地方,离你上班的地方也不远,邻居又好相处,你就搬来住嘛。"

白日梦无话可说,但他向小满提出了最后一个请求:"能不能等宋小江回成都后,我们再结婚。"

小满想了想,说:"也好,等他回来,我也要跟他有个了断。"

小满和白日梦一边准备婚房,一边等宋小江回来。8号公馆的人除了梁姆姆,都觉得白日梦配不上小满,梁姆姆逢人便说:"人家小满才是真精灵,一个女人一辈子图啥子嘛?就是图一个男人巴心巴肝地对她好。那个白日梦对小满硬是好得很,我举个例子嘛,小满的右脚拐拐摔伤了,他给小满炖的蹄花儿汤,每根猪脚脚都是带脚拐拐的右前蹄,好难得哦,要跑几个肉铺子才能买到一根。"

很多人不明白,炖蹄花儿汤还分猪的左脚右脚、前脚后脚?梁姆姆不厌其烦地给人家解释:"伤哪儿补哪儿,小满伤的是右脚的脚拐拐,所以,白日梦一定要用带脚拐拐的右前蹄给小满炖蹄花儿汤喝。"

听梁姆姆这么一说，白日梦在人们心目中的形象骤然高大起来，大家都说："怪不得小满的脚好得快，除了天天喝蹄花儿汤，还天天都坐耙耳朵车。人家眼哥还没有结婚就当上了耙耳朵，天地良心，要说对小满好，眼哥第二，没得哪个敢说第一。"

不晓得白日梦的大名和外号的人，看白日梦戴着眼镜，都叫他"眼哥"。

婚房要添的是一张大床，一个高低衣柜，一对单人沙发，白日梦的人缘好，他说他都能找朋友帮忙做，只买材料，要省一半的钱。就是找朋友帮忙时，白日梦颇费了一番口舌，他的朋友没见过也都听说过小满人见人爱花见花开的倾城美貌，白日梦居然要和这个著名的成都美人结婚，不同的人问的却是同样的话："你大白天说梦话，是不是又在做白日梦哦？"

白日梦不厌其烦，对不同的人回答的都是同样的话："这次不是做白日梦，是梦想照进了现实。"

就在家具沙发都快做好的时候，宋小江从野生大熊猫自然保护区回来了。当天晚上,他在"味之腴"隆重地宴请小满和白日梦。白日梦还怕小满不去,没想到小满一口答应,还把自己打扮了一番。小满和白日梦来到著名的川菜馆"味之腴",一看门面,好气派好高档哟!小满问白日梦,味之腴的"腴"是啥子意思?

"是肥肉的'肥'的意思。"白日梦说,"味之腴的招牌菜是'东坡肘子',宋小江在这个地方请我们,可见他的良苦用心,他还挂念你的脚,伤哪儿补哪儿。"

宋小江已经来了,又黑又瘦,像换了一个人。他说在卧龙山日晒雨淋,风餐露宿,饱一顿饿一顿,咋个不黑咋个不瘦嘛?

白日梦问宋小江:"你这次咋去那么久喃?"

宋小江说:"每年春末夏初,正是大熊猫交配的季节,很难拍到大熊猫交配的照片。正好我那几个科学家朋友给一只母熊猫的脖子上安装了无线电跟踪器,我就跟着这只母熊猫,在大山里转呀转呀,就等公熊猫来找这只已经发情的母熊猫。这一等就是一个多月,还好，没有白等，终于心想事成。"

　　说起大熊猫，宋小江的话就像那决堤的洪水止都止不住，他对大熊猫的真爱溢于言表。宋小江本来还想描述两只大熊猫交配的细节，有小满在，说不出口。他看小满比以前更加光鲜靓丽，脸上的皮肤娇嫩细滑，吹弹可破，情不自禁地赞美道："小满的皮肤越来越好了。"

　　"咋个不好嘛，每天都吃白日梦给我炖的蹄花儿汤，汤里头的胶原蛋白全都长到我的脸上来了。"

　　宋小江听得出来小满话中有话，举起酒杯给白日梦敬酒："兄弟，辛苦了！感谢的话就不说了，都在酒里头。"

　　宋小江一仰脖子，把杯中酒都干了。小满对宋小江说："你不用谢他，我都要嫁给他了，这是他应该做的。"

　　白日梦听出了小满话中的火药味儿，他必须成为今天的气氛担当。他用筷子指着刚端上来的"东坡肘子"，问小满："你晓不晓得这个肘子为啥子叫'东坡肘子'？"

小满不理白日梦，白日梦也习惯了自问自答："苏东坡有句诗：'算来只有猪肉好，可惜世人生吃了。'他亲自下厨，把肘子放进鸡汤里，用文火慢炖，炖到肘子耙而不烂，肥而不腻。'东坡肘子'的调料也讲究得很，郫县豆瓣要宰得细细的用油酥过，花椒只用汉源的红花椒，磨成细细的花椒面，和辣椒粉、芝麻粉一起熬炼成又浓又稠的红油酱料……"

小满打断白日梦的话，问宋小江："这只肘子是猪的左脚还是右脚嘛？"

"啥子意思哦？"宋小江一脸懵懂，"吃个肘子还分猪的左脚和右脚？"

"咋个不分嘛，伤哪儿补哪儿，我伤的是右脚，白日梦天天炖蹄花儿汤给我喝，我吃的猪脚脚数都数不清，没有一根是左脚，都是要跑几个肉铺子才买得到的右前脚。"

宋小江又举起酒杯向白日梦敬酒："兄弟，你叫我说啥子嘛？啥子都不说了，都在酒里头。"

宋小江一仰脖子，把杯中酒都干了。

小满从提包里取出一沓钱来，放在宋小江的面前，说："这是你走之前托白日梦给我买花的钱，他给我买了三天的花，我嫌浪费，就叫他去买了一辆自行车，改装成耙耳朵车，拉我去医院换药，拉我去逛街，拉我回郫县的父母家……白日梦说他对我这么好，是因为你把我托付给了他，他要对你负责。我晓得你们兄弟情深，我也是有血有肉有感情的人，我不可能面对一个巴心巴肝对我好的人无动于衷。现在，我把钱一分不少还给你，从今以后，我是我，你是你，他是他。"

宋小江低着头，表面平静，心里头却翻江倒海。好一会儿，宋小江好像说给白日梦和小满听，又好像说给他自己听："世界上有一种爱，叫放手；世界上还有一种更深沉的爱，是把自己心爱的人交给一个他最信赖的人。"

宋小江把他面前的那一沓钱推到小满的面前，说："那辆耙耳朵车是你们两个爱情的见证，就当是我送给你们的新婚礼物，我祝愿我的好兄弟永远做你的耙耳朵。"

都说红玫瑰象征爱情，失恋的宋小江用白玫瑰来象征他失去的爱情。第二天，他捧着一束白玫瑰，手臂上缠着黑纱，来到他最初见到小满的地方——那棵他爬上去用长焦镜头拍小满的皂荚树下，肃立默哀，深切悼念他永逝的初恋。

17

小满和白日梦简简单单地在8号公馆里摆了几桌席，白日梦搬进小满的房间，就算把婚结了。九思巷的男人们都眼红了，说白日梦踩了狗屎运，硬生生地把"白日梦"做成了，女人们却为小满感到惋惜："就这么把自己嫁了，长那么漂亮有啥子用嘛！"

婚后第二年，小满为白日梦生下一子。白日梦大名白浪，小满给儿子取名"白浪子"，小名"浪娃儿"。

白日梦不坐班,他每天在家里一边构思他那已经构思了十几年的长篇小说,一边带浪娃儿,硬是把浪娃儿带成了九思巷最乖的娃娃。每回把浪娃儿放进婴儿车里推出去,都是白日梦的高光时刻,他沉迷于姆姆们对浪娃儿的赞不绝口,那些年轻的少妇围着他讨教育儿经,他更是乐此不疲。

进入八十年代,改革开放的春风吹到了文化领域,白日梦所在的文化馆,文化人都被优化组合到各个不养闲人的部门,白日梦被优化到《龙门阵》编辑部。成都话中"摆龙门阵"是"聊天""说闲话"的意思,把摆龙门阵的内容编成文字,就成了一本话说成都历史变迁、三教九流、众生百态、风土人情的杂志《龙门阵》。

白日梦带回来几本《龙门阵》,小满翻了翻,好像发现了新大陆:"白日梦,你去《龙门阵》编辑部,简直是老天有眼,把你派到了最适合你的地方。这叫好人有好报。"

"你咋晓得《龙门阵》是最适合我的地方?"

"我早就说过你就是一本成都的《百科全书》。你一肚子都是成都的龙门阵,印成字就是一本《龙门阵》。"小满比白日梦还兴奋,滔滔不绝,"想当年,你蹬耙耳朵车带我逛遍了成都,你给我讲成都为啥子叫'成都',讲春熙路的来历,讲人民公园为啥子又叫'少城公园',讲成都有三十六条街道,有七十二条巷子,讲每条街每条巷子的名字的意思,讲成都的袍哥组织,讲大军阀刘文辉,讲川剧名角阳友鹤,讲清音大师李月秋,还讲了好多好吃的地方:荣兴园、味之腴、姑姑筵、哥哥转、努力餐、耀华餐厅、枕江楼南堂餐馆……就说我住了这么多年的九思巷,是听你讲了'君子有九思'的含义,我才晓得我原来住在这么有文化的一条巷子里。"

白日梦有些感动:"小满,我给你讲的这些,你都记得这么清楚?"

"和你在一起后,你每天给我讲一点,每天给我讲一点,我都快成《成都百科》了。真的,白日梦,我不是当面吹捧你,你满肚子的学问,满肚子的成都龙门阵，不去《龙门阵》编辑部，先不说浪费了你的才华，就是你自己也对不起你自己。"

白日梦觉得小满说得都对，还是心有不甘："我也晓得《龙门阵》适合我，就是挣不到啥子钱。"

"挣钱挣钱，你还在做挣钱的白日梦！"小满给足了白日梦的面子，她想说白日梦"不是挣钱的那块料"，但她说不出口，怕伤了白日梦的自尊心，"我就问你，你喜不喜欢《龙门阵》？"

"肯定喜欢噻。"

小满一锤定音："喜欢就去干，不要再做挣大钱的白日梦了。"

白日梦去了《龙门阵》编辑部当了一名编辑，工作干得得心应手，还可以不坐班，家务事他全包了，一切都是那么称心如意。

白日梦安定下来，小满却处在风雨飘摇中。梁医生所在的街道医院被成都中医学院的附属医院收编了，医院为他设了"专家门诊"，专治顽疾"老鸹巴儿"，现在梁鸹巴儿的名气比以前更大了，预约他的专家门诊号，起码要提前半个月。梁医生不坐堂了，开在8号公馆门前的药房也就不存在了，在药房当配药师的小满下岗了。

小满到处找事做，求到原曲艺团老团长的门下，老团长可以说是小满的伯乐，是他发现小满百灵鸟般的歌喉，把不到十岁的小满招到曲艺团悉心培养，小满练的是童子功，还未正式上台，便在圈子里头有了"小月秋"的绰号。李月秋可是四川清音的一代宗师，叫小满"小月秋"，可见小满的前途一片光明。眼看着小满可以上台表演了，嗓子却倒了，但老团长晓得她的功力还在。

"小满啊，你不来找我，我还正想找你呢。"老团长说，"我有个熟人，原来也是文艺界的，他在玉林那边开了一个有歌手驻唱的酒吧，人气旺得很，我这个熟人就想我给他介绍唱歌唱得好的人，我第一个想到的人就是你……"

"不不不，我的嗓子已经倒了，你又不是不晓得。"小满说，"我的意思是想求你把我介绍到哪个电影院卖票,查票也可以,反正我喜欢看电影。"

"小满,你听我把话说完嘛。"老团长接着说道,"你的嗓子倒了,练了那么多年的功力还在,唱那些流行歌完全没有问题。"

第二天下午,老团长陪小满去了位于玉林的一个名叫"空瓶子"的酒吧,酒吧老板请了几个懂音乐的内行来听小满唱歌,其实就是面试。他们给了小满一张歌单,让小满选一首来唱。歌单上的歌大多是港台的流行歌曲,小满选了一首上海老歌《夜来香》。小满毕竟是受过专业训练的,一首歌还没有唱完,就把这几个内行惊艳到了,他们说小满是老天爷赏饭吃,她现在略带沙哑的嗓子就是唱流行歌的金嗓子,她的声线像极了香港的歌后凤飞飞。他们又选了凤飞飞的经典歌曲《追梦人》让小满唱,几个内行都是闭着眼睛听的,说仿佛在听凤飞飞的原唱。

小满心里不踏实,悄声问老团长:"我真的有他们说得那么好啊?"

老团长百感交集,说:"小满啊,你是因祸得福。

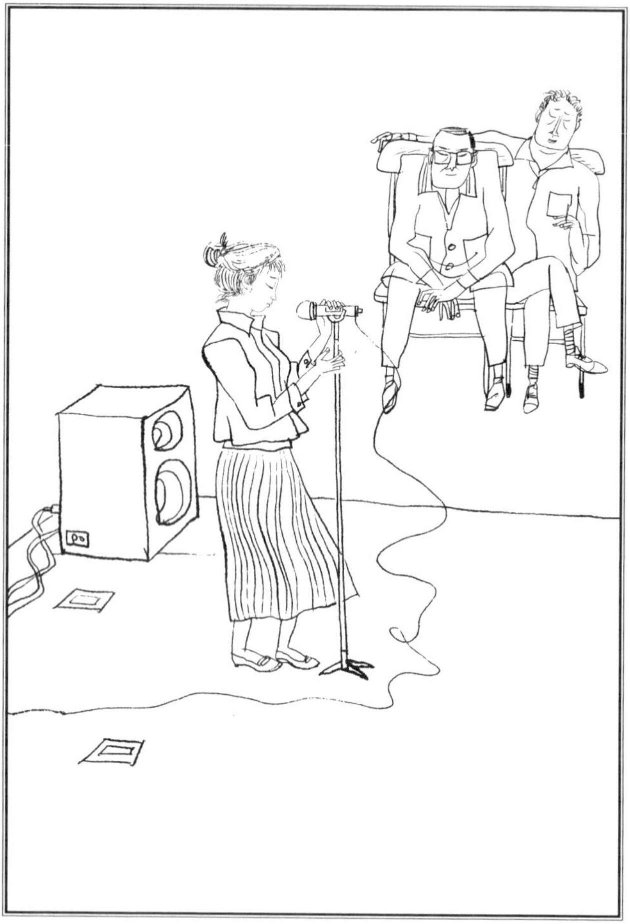

如果你的嗓子不倒，唱清音的嗓子太脆太亮，是唱不了流行歌的。你现在嗓子沙哑得恰到好处，很有磁性，正是唱流行歌的金嗓子。"

酒吧老板马上就要和小满签合同，每晚唱两首歌，每首歌二十元。天哪，一晚上就能挣四十元，相当于白日梦一个月的工资。

每天吃完晚饭，把浪娃儿托付给梁姆姆，白日梦蹬着耙耳朵车把小满送到位于玉林的"空瓶子"，看着小满进去后，他就在外面等，等小满唱完两首歌，白日梦又蹬着耙耳朵车把小满拉回8号公馆。耙耳朵车上坐着一个人，没有骑自行车快，从九思巷到玉林，来回要两个多小时，每天回到家，白日梦满头是汗，连说话的力气都没有。小满心疼白日梦，不要他接送，她要自己坐公交车去，白日梦坚决不同意。

没过几天，小满便唱红了，来"空瓶子"的人有一半都是来听小满唱《夜来香》和《追梦人》的。在玉林还有一家酒吧叫"音乐房子"，老板通过老团长的关系，也找到小满，想请小满每晚到"音乐房子"也唱两首歌。就这样，小满在"空瓶子"唱完两首歌，马上转场到"音乐房子"，白日梦坐在耙耳朵车上随时待命，看小满从"空瓶子"出来，赶紧又把她拉到"音乐房子"，等小满在"音乐房子"唱完两首歌，白日梦蹬着耙耳朵车把小满拉回8号公馆，已经是半夜。虽然辛苦，两口子心里却是美滋滋的，一晚上八十元，相当于白日梦两个月的工资。

18

白日梦把小满去玉林唱歌的事讲给宋小江听了，宋小江又是一声叹息。他突然向白日梦问起小满的妹妹谷雨："我记得你把她介绍到你姑婆那里去学蜀绣，现在学得咋样了？"

蜀绣又称川绣，是中国四大名绣之一，与苏绣、湘绣、粤绣齐名。白日梦的姑婆精通蜀绣全部的针法技艺，尤其擅长蜀绣双面异色绣和双面异形绣。白日梦的姑婆年轻时守寡，靠蜀绣的手艺养活了三个娃娃。谷雨从聋哑学校毕业后，小满想让谷雨学一门手艺。谷雨不能说话，白日梦想起了他的姑婆，他姑婆能说话，但她不喜欢说话，一年到头都说不了几句话。姑婆性格孤僻，从来不收徒弟，白日梦只能带谷雨去碰碰运气。没承想姑婆见到谷雨的第一眼便喜欢，她一眼看出谷雨的心灵手巧，最让她满意的是谷雨十分安静，而谷雨见到蜀绣的工具绷子和五颜六色的丝线也爱不释手。姑婆当即收下了谷雨，还让谷雨住到她家里去，谷雨成了姑婆这一生中唯一的徒弟。

"学得还可以，都可以双面绣了。"白日梦问宋小江，"你咋个想起问谷雨喃？"

"我给你说，现在大熊猫在全世界太火爆了！"宋小江眉飞色舞，"好多外地人、外国人到成都来看大熊猫，凡是大熊猫的周边商品都卖火了。我看见有卖蜀绣大熊猫的，因为是大批量生产，都是机绣的，都是一个样，我想送一幅给外国朋友，都拿不出手。"

宋小江说着，拿出几张放大的照片给白日梦："这些都是我拍的野生大熊猫，全是获奖作品，你看谷雨绣得出来不？"

白日梦收了宋小江的获奖照片，走出宋小江的工作室。刚走到门口，宋小江又把他叫回去："我今天看你的脸色好难看哦，还有点肿，你是不是有病哦？"

"我咋会有病？我身体那么好，从小到大就没有生过病。这些日子，就是有点累，不想吃东西。"

"从小不得病的人，一得病就是大病。"宋小江表情严肃，"我明天陪你去医院做个全面检查，和自己的身体开不得玩笑哈。"

第二天，白日梦背着小满，在宋小江的全程陪同下，在医院做了全面检查。结果，查出他患了尿毒症。

白日梦问医生："我还有好多日子？"

"日子长着呢，"医生说，"你只要坚持透析，活二三十年没得问题。"

白日梦哭丧着一张脸："透析一次要花那么多钱，要活二三十年，简直就是一个无底洞，还不如不活了。"

"你不想活了，你想过小满没有？你想过浪娃儿没有？"

白日梦叮嘱宋小江："你千万不要给小满说哈，我怕影响她的心情。心情不好，歌就唱不好。"

"你想瞒也瞒不住。你还想蹬着耙耳朵车送小满去玉林唱歌啊？来回要蹬两三个小时，你不要命了？"宋小江说，"我的存折上还有点钱，你先拿去做透析，用完了我再想办法。"

小满还是晓得了白日梦的病情，她轻描淡写地说："是个人都会生病，该去透析就去透析，不得啥子。"

白日梦说他不想去透析，透析花起钱来是无底洞。

"花再多的钱，你都值得。你是我和浪娃儿的无价之宝，"小满对白日梦说，"那些丧气话，你就不要再说了，有我在，钱的事情不用你操心。"

小满把"空瓶子"和"音乐房子"的活儿都辞了，然后去医院给白日梦付了三个月透析的费用，钱是她这些日子在玉林两家酒吧唱歌挣来的。两家老板都想留小满，说白日梦不能接送小满了，他们可以给小满报销出租车费。小满说晚上回去那么晚，怕白日梦担心，还说要全心全意照顾白日梦。

白日梦一周两次去医院透析，小满学会了蹬耙耳朵车，她要拉白日梦去医院，白日梦坚决不干："我坐在你蹬的耙耳朵车上，我还是不是男人哦？"

小满说："你现在是病人，等你的病好了，才是男人。"

白日梦拗不过小满，只好由着她，好在三医院离九思巷不远，小满也不是很累，白日梦也就慢慢习惯了，一路上，两口子有说有笑。当年，小满是出了名的成都美人，现在还是那么漂亮，而且越来越迷人，过往的行人驻足给她行注目礼，不仅仅是惊羡她天生丽质的美貌。

19

白日梦受谷雨之托，带着谷雨的双面首绣和宋小江见了面,郑重其事地将锦缎礼盒双手献给宋小江。宋小江一边开礼盒一边不以为然地说:"啥子哟,这么隆重!"

礼盒打开了,宋小江两眼发直,半天说不出话来。白日梦从礼盒里把绣品拿出来,安装在雕花的檀香木架子上,用手一拨,镶嵌在圆形檀香木里的熊猫母子双面绣转动起来,一面是这样的,一面是那样的。

"谷雨说了,这是她的第一幅双面绣作品,一定要送给拍照片的人。"白日梦对宋小江说,"你不要客气哈,没有你拍的照片,谷雨的绣技再高,也绣不出这么好的东西来。"

"在这个世界上,又多了一个懂我的人。"宋小江说,"谷雨是懂我的人,从她的一针一线里,我能感觉到谷雨和我心心相印。熊猫给人们的印象都是可爱的,是憨得可爱,笨得可爱,可我在常年和熊猫的接触中,发现在熊猫憨厚笨拙的外表下,它们也和人一样是有心情的,欢喜的,慈爱的,调皮的,逗乐的,谷雨都绣出来了。"

"唉——"白日梦一声叹息,"生得那么美,又那么心灵手巧,可惜又聋又哑。"

"这正是上天对谷雨的恩赐。"宋小江说,"她的耳朵听不见,她的心却能听见我们常人听不见的声音,比如花开的声音,草长的声音,下雪的声音;她的嘴巴不能说话,她的眼睛却能看见风的颜色,她的鼻子能闻见月亮的味道……"

白日梦揶揄道:"小江,你都没有见过谷雨,说得就像认识好多年一样。"

"你们文人有句话叫'文如其人',我见到谷雨的绣品,就像见到谷雨本人一样。"宋小江捧起谷雨的绣品看了又看,"谷雨的心意我收下了。我还想请谷雨再绣一幅,我要送给一位外国朋友,他下个月要来成都。但是,这一幅绣品,我是一定要付报酬的。"

"你说些啥子哟,谷雨肯定不会收你的钱。"

"必须收。"宋小江正色道,"桥归桥,路归路,心意归心意,生意归生意,这是我开口要的,就算是给谷雨的第一笔生意。靠自己的劳动挣钱吃饭,天经地义。"

白日梦点头称是。

"这样的双面绣就是谷雨的生财之道。"宋小江越说越兴奋,"首先,要把谷雨的品牌树立起来。白日梦,你的篆刻手艺可以派上用场了,你给谷雨刻一个印章,以后,谷雨的每一幅绣品,都要用红丝线把印章绣在上面,慢慢地把品牌树立起来。"

谷雨绣出了第二幅熊猫母子游戏的双面绣,白日梦给这幅绣品取名《天伦之乐》,又让谷雨用细细的红丝线绣上他篆刻的"谷雨绣品"的印章,谷雨从此有了自己的品牌。

20

白日梦一周两次去医院透析一直没有间断过,都是因为小满的坚持,他早就不想去了,只想好好地把手边的事情做完;但他是耙耳朵,拗不过小满,无论小满有多忙,该去透析的时候,她就会骑上耙耳朵车,命令白日梦上车。白日梦不敢不听，只得乖乖地坐上去。成都的街上，已经很少见到骑耙耳朵车的人了，骑着耙耳朵车的小满，成了街上的一道奇观，街道两边的人都向这个著名的成都美人行注目礼。坐在耙耳朵车上的白日梦苦苦地求小满："我求求你，你不要再让我坐你蹬的耙耳朵车了。"

"为啥子嘛？"

"你看嘛，街上的人都在看你！"

"让他们看嘛，我长得这么漂亮，肯定有人看噻。"小满不在乎别人的眼光，她只在乎白日梦的感觉，"我就问你，你坐在我蹬的车上，舒不舒服嘛？"

白日梦实话实说："舒服是舒服，就是心里头不自在。"

"你又舒服又不自在，到底是啥子意思嘛？"

"我看你那么辛苦，我心里头难受。"白日梦说，"小满，你就让我自己去医院嘛。"

小满说："我让你一个人去医院，我心里头才难受。你要是心疼我，就不要让我难受。"

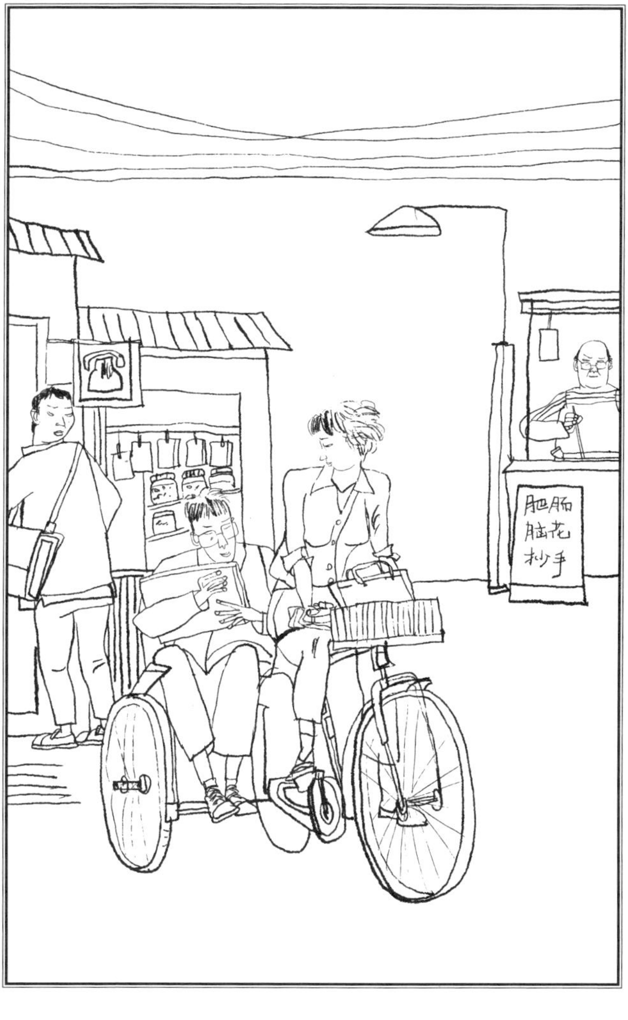
肥肠
脑花
抄手

当初白日梦查出肾衰竭，医生说坚持做透析可以多活十年，白日梦已经活了七八年，他最近感到精力一天不如一天，特别累，他不敢给小满说。在他面前，小满说起他的病，总是一副云淡风轻的样子，其实她心急如焚，她到处找肾源，找了几年，都没有找到能够和白日梦配对的肾源。妹妹谷雨给她姐夫换肾的钱，一分没动，都存在银行，就等找到能配对的肾源。背着白日梦，小满也流泪，懂事的浪娃儿明白他妈妈为啥子伤心，他给小满擦眼泪，说："妈，你等我长大，我把我的肾给爸爸。"

白日梦终于完成了他的人生大事，他参与编辑的《李劼人全集》共有十七卷，李劼人不仅是文学家，还是翻译家，全集收录了他创作的长篇小说、中短篇小说、散文、诗歌、戏剧、文学批评和书信，还有他翻译的外国文学作品。白日梦负责的那部分编选工作一结束，他就倒下了。也许他早就不行了，全靠心中的执念支撑着。

白日梦住进了医院，身上插满了管子。宋小江刚从国外回来，直接从机场来到他的病床前。这些年，大熊猫作为中国的国宝，成为与全世界各个国家友好往来的和平使者。大熊猫在世界上的名气越来越大，拍摄大熊猫的宋小江在世界上的名气也越来越大——大熊猫作为和平使者，国家把大熊猫派往哪里，宋小江就跟着大熊猫去哪里，他已经在二十几个国家举办了中国野生大熊猫的摄影展。

　　白日梦已经住进了重症监护室，病床周围都是冷冰冰的仪器。身上插满管子的白日梦躺在病床上，躺在冷冰冰的仪器的包围之中，宋小江心如刀绞。这个和他一起长大的毛根儿朋友，他们出身悬殊，宋小江是住在西南局大院的高干子弟，白日梦是住在西南局外面街边边门板房的街娃儿，可他们情同手足，比亲兄弟还亲。白日梦家里只有两间房，他的姐姐妹妹已经长大了，白日梦还和她们住一个房间，宋小江就让白日梦去他家住，他父母还专门准备了一张上下铺的床，他俩便成了上下铺的兄弟，一直住到白日梦的姐姐和妹妹出嫁。

宋小江这次出国之前还见过白日梦，他精神亢奋，滔滔不绝地讲李劼人，一讲就是几个小时，宋小江为他高兴，以为他的病情好转了，哪晓得是回光返照。

"你来啦，我还怕我见不到你了。"白日梦笑了笑，他的笑像在哭，"你是我的大恩人，我见不到你，眼睛也闭不上。"

宋小江故作轻松地说："你说到哪儿去了，啥子大恩人哟，我担当不起哈。"

"你对我的恩情比天高，比海深，"白日梦表面上就像平时和宋小江开玩笑，其实都是他的真心话，"没有你，我不可能认识小满，我也不可能成为世界上最幸福的男人。"

宋小江和白日梦会心一笑。确实是白日梦帮宋小江去给小满送花，小满才认识白日梦的。以前觉得有点荒唐有点可笑，小满和白日梦相亲相爱十几年，现在到了他生命的最后时刻，这两个人到中年的男人才感慨道：那时候，他们多年轻啊！他们多浪漫啊！

白日梦又对宋小江说："我要走了，唯一不放心的是……"

"我晓得你不放心的是浪娃儿，"宋小江以为白日梦要临终托孤，"我会把浪娃儿当作我的亲儿子，抚养他长大成人。"

"我不放心的不是浪娃儿，是谷雨。"白日梦说，"我和小满结婚时，小满啥子都不要，对我只有一个要求，就是要我和她一起，照顾她的聋哑妹妹一辈子。后来你要和谷雨结婚，我现在给你说实话，小满是不同意的。她说你心里头只有大熊猫，不会一心一意地对谷雨好；还说谷雨是残疾人，你是世界名人，怕你变心……"

"咋可能嘛，我追求的是灵魂伴侣，和是不是残疾人无关。再说我已经失去了小满，我不能再失去谷雨。你晓得的，我和谷雨结婚的时候已经不年轻了，懂得一个成熟男人要对自己的行为负责。"宋小江向白日梦发誓，"你放心，我一定会对谷雨好，好一辈子。"

"你我兄弟一场，我肯定相信你嚏。"

和宋小江做了一辈子朋友，宋小江的人品还是过得硬的,他说得到做得到,有了他刚才那番誓言,白日梦放心了。

21

小满还在到处求人找肾源,找了这么多年,要找到与白日梦配对的肾源难于上青天。如今白日梦病情加重,小满更不甘心。白日梦倒是视死如归,希望早点解脱。他对小满说:"小满,我最后求你一件事。"

"你跟我还那么客气,啥子事情你说嘛。"

白日梦晓得他说出来,小满肯定不会答应:"你要先答应我,我才说。"

"好嘛,我就答应你,快说嘛。"

白日梦握住小满的手,还要小满答应他:"我说了,你不要哭。"

眼泪已经涌了上来,在小满眼框框里打转转。小满点点头:"你说嘛,我不哭。"

白日梦对小满说出他深思熟虑的话："我想把身上的插管都拔了。"

小满的眼泪夺眶而出。目前维持白日梦生命的就是这些插管，一旦拔了，小满不敢往下想。

"说好不哭的哈！"白日梦轻轻抹去小满脸上的泪水，"你听我慢慢地跟你说。"

白日梦说："我这一辈子，因为有你，我觉得我是这个世界上最幸福的人，我死而无憾。"

白日梦说："我这一辈子，前半辈子净做白日梦，一事无成；后半辈子才做成了几件像样的事情，总算没有白白地来这个世界走一趟，我死而无憾。"

白日梦说："我和你生下白浪子，浪娃儿是我这一生的骄傲，我虽然不能把他抚养成人，看着他娶妻生子，但也对得起我白家的列祖列宗，我死而无憾。"

白日梦说："我这一辈子，虽说没有多大的出息，但是活得体面，活得有尊严，所以，我希望我在离开这个世界的时候，有尊严地离开，走得体体面面。小满，你是我最亲最爱的人，你就成全我，好不好？"

听白日梦说了这么多,小满一直憋着。白日梦要小满成全他,小满再也忍不住了,她跑出了重症监护室。小满在楼道上遇见了宋小江,宋小江看见她泪流满面,拉住她:"小满,你哭啥子?"

小满挣脱了宋小江,宋小江一直追到医院的花园,宋小江拉住小满,让她坐在长椅上。小满放声痛哭。宋小江默默地坐在小满的身边,他没有劝小满,小满的心中积压了太多的悲和痛,让她哭,把心中的悲和痛都哭出来。

等小满哭够了,宋小江说:"我晓得你哭啥子。昨天,白日梦也给我说了,是不是他想拔管的事?小满,你咋想的嘛?"

小满摇摇头,又哭起来。

"我想了一个晚上,我给你说说我是咋个想的。"宋小江说,"我昨天去找了白日梦的主治医生,说到白日梦的病情,他很不乐观,我们现在把希望寄托在找肾源上是不现实的。多拖一天,白日梦就多受一天折磨,白日梦想从折磨中解脱出来,想有尊严地离开,我们应该成全他。"

小满和宋小江都在乎白日梦的感受,他们都想白日梦尽快地从病痛的折磨中解脱出来。小满顾虑白日梦的家人,她们会不会同意?白日梦的父亲已去世多年,他还有一个母亲一个姐姐一个妹妹。宋小江和她们很熟,小时候,白家难得吃一回肉,白姆姆都要叫宋小江去吃。白姆姆已经七十几岁,白日梦的病情一直都瞒着她,白发人要送黑发人,怕白姆姆受不起这样的打击,宋小江只把白日梦的姐姐和妹妹约出来,陪小满去见她们。

小满刚把拔管的事一说,白家姐妹立即和小满翻脸。

白家大姐指着小满的鼻子,说:"你啥子意思?拔管和杀人有啥子两样?"

白家小妹更是出言不逊:"你是不是等不及了,嫌我哥是你的累赘?"

宋小江实在听不下去了,说了公道话:"白浪生病不是一天两天,这七八年都是小满在他身边照顾他,就是每星期两次去医院做透析，都是小满骑耙耳朵车拉他去的，这么多年从来没有间断过——你们凭良心说，还能不能找到比小满对白浪更好的人？"

"宋小江，你不要在这儿冒充好人，"白家大姐对宋小江也不客气，"哪个不晓得你和小满耍过朋友？你巴不得我弟娃儿早点断气。"

"大姐，你不要乱说哈，我是结了婚的有妇之夫。"

"结了婚还可以搞婚外恋嘛。"

白家姐妹站在道德的高地，理直气壮地做了道义的审判官，判小满和宋小江为企图谋害她们兄弟的奸夫淫妇。她们坚决不同意给白日梦拔管，留下一堆难听的话扬长而去。宋小江劝小满不要和她们一般见识："像她们这种只会打嘴炮的人，说的那些伤人的话你就当耳边风。小满，你才是白日梦最亲最爱的人，是否成全他的意愿，主意还是得由你来拿。"

白家姐妹的这番胡搅蛮缠，坚定了小满要成全白日梦早日解脱的决心。白家姐妹仗着她们和白日梦有血缘关系，就成了捍卫道义的审判者，她们只图嘴上痛快，毫不顾忌小满的感受，小满才是为白日梦付出最多的人啊！小满是有脾气的，她从来不活在别人的成见里，为了她心爱的人，她可以忍辱负重，受尽天下人的误解和责骂，如同当初如花似玉的她执意要嫁给一无所有的白日梦一样，也是受尽了天下人的误解和嘲笑。

白日梦心满意足，他所有的愿望都实现了。他现在唯一能做的，就是帮小满卸下他这个沉重的负担，让小满得到解脱。他握着小满的手，深情地看着小满，一辈子都看不够，这个让他幸福了一辈子的女人。

白日梦走了，这个世界上最爱小满的人走了，他走的时候，还握着小满的手，眼睛是慢慢闭上的——小满永远地留在了他的眼眸里。

22

甄画家回来了，小满是在电视屏幕上看见他的，享誉海内外的他正在接受成都电视台一位著名主持人的采访。甄画家这些年旅居国外，这次回国来办画展，在全国几个大城市巡回展览，第一站就是成都。

主持人问："甄先生，您首次在国内举办巡回画展，为什么首展地选在成都？"

甄画家用原汁原味的成都话回答主持人的采访："我是地地道道的成都人，生在成都长在成都，成都是一座美丽富饶、充满文艺气息的城市，是一个盛产艺术家的地方。成都这个地方安逸得很，巴适得板，特别适合艺术家静下心来搞创作，我的那些成名作代表作都是在成都创作完成的。可以说，成都是生我养我的故乡，也是造就我的福地。"

主持人又问："您的作品好多都成了名画，多次在国际上荣获大奖，您最满意的是哪一幅作品？"

主持人这个非常一般的采访提纲上的问题，却触动了甄画家，他有些激动，没有马上回答主持人的问题。等他的情绪平静下来，他才缓缓说道："我最满意的作品是我在还没有出名的时候画的一幅油画《小满》，比我所有的作品都好，包括我那些获得过国际大奖的作品。我把这幅画献给了小满本人，我记得小满看到这幅作品，她自己都被画上的自己美哭了。小满是我的初恋，初恋只有一次，所以，这样的作品不可能再有第二幅。"

主持人问了一个不是采访提纲上的问题："这次在成都的展览，我们能有幸见到《小满》这幅作品吗？"

甄画家遗憾地笑笑，说："布展的时候，让参观的人第一眼看见的应该是我最得意的作品，可是我把这个最重要的位置空在那儿，这个位置永远属于《小满》。"

小满看完甄画家的采访，从床底下拖出用白布包裹的那幅油画，白布上蒙了一层厚厚的灰尘。小满解开白布，里面的油画和她第一眼见到的时候一模一样。小满把画像立起来，她再一次被画上的自己美哭了。小满找了一条干净的床单把甄画家最得意的作品包裹起来，她要去找甄画家。

小满不晓得在哪里才能找到甄画家，她只有到甄画家的外婆家去寻找线索。她来到平安桥天主教堂背后的五福巷，因为天主教堂重新开放，还要扩建，甄画家的外婆家即将拆迁，有一个远房亲戚在帮忙料理。他对小满说，甄画家的外婆在三年前就去世了，他只晓得甄画家住在锦江宾馆。

小满到锦江宾馆去找甄画家，甄画家不在房间，小满就在大堂等，等了一个多小时才把甄画家等回来。甄画家留着长发，穿一件黑色的风衣，风度翩翩，和当年那个在农村被人形容成"人不人鬼不鬼"的甄画家判若两人。其实甄画家一进来就发现有一个美人独自在大堂里徘徊——甄画家有一双发现美的眼睛，不会放过任何美人。只是他没有想到这个美人竟是小满。甄画家又惊又喜："小满，你咋个在这儿嘛？"

"我来找你噻，"小满看看手表，"都等了一个多小时了。"

小满当初和甄画家分手分得那么决绝，两人从此断了来往。现在主动到他的住处来找他，还等了他一个多小时，肯定有非常要紧的事情，莫非小满也有求于他?甄画家成名以后,围绕在他身边的人,几乎都对他有所求,他倒希望小满对他有所求,这么多年,他不就是等着这一天吗?他等小满来求他,他会满足小满的一切要求,要啥子给啥子。在这个世界上,甄画家谁都不欠,只欠小满的,永远还不完。

甄画家对小满说:"我们两个起码有十几年没见面了,我们去找个吃川菜的地方,一边吃一边摆龙门阵。"

他们打车来到西玉龙街的"陈麻婆豆腐店",找了安静的地方坐下来,甄画家说他离开成都这么多年,始终改变不了的是一颗成都心,一个川菜胃。

麻婆豆腐端上来了,厚厚的红油上面点缀着几段鲜活翠绿的蒜苗,撒上一层薄薄的花椒面。豆腐和炸得焦脆的牛肉臊子都藏在红油下面。甄画家对小满说:"麻婆豆腐是川菜的招牌菜,全世界的中餐馆都有这道菜,但我从来不在成都之外的餐馆点麻婆豆腐,因为没有灵魂。"

小满笑起来:"嚯哟,吃个麻婆豆腐还吃出了灵魂?"

"蒜苗是麻婆豆腐的灵,花椒面是麻婆豆腐的魂。蒜苗和花椒面这两样东西,外面的那些餐馆都没有。"甄画家说,"离开成都后,还有一样东西我不吃,红烧肥肠。"

小满听得懂甄画家的言外之意,红烧肥肠是她和甄画家的"定情之物",她把甄画家想要说下去的话岔开:"我在电视上看见你,本来想去五福巷你外婆家找你,哪晓得你外婆在三年前就……"

"我外婆去世的时候,我回成都料理她老人家的后事,我看见过你。"甄画家回忆道,"我从骡马市的外文书店出来,站在羊市街口准备过马路,就在这个时候,我看见了你,街上好多人都在看你,你蹬着耙耳朵车,车上坐着一个男的,戴一副眼镜,看样子是生了重病。"

小满云淡风轻地说:"哦,那是我的丈夫,已经过世了。"

"我想你那时一定很难,我想帮你,又顾虑到你生性要强，怕反而伤了你的自尊心，你会恨我。"

小满相信甄画家说想帮她是真的，说她会恨他也是真的，如果那时甄画家真的找上门来要帮她，她一定会恨他。他们毕竟相知相爱过，他懂她，她也懂他。

一盆麻婆豆腐都快吃完了，还没说到正题。甄画家言归正传："小满，你是我这辈子唯一觉得愧疚的人，你有啥子事一定要给我说哈，我一定尽我的全力……"

小满打断甄画家的话，说："你昨天在电视上，我看了记者对你的采访，你说到你为我画的那幅画是你最得意的一幅作品，还说在展览的时候，要把最重要的位置空起来……我就想要把这幅画还给你，那个最重要的位置为啥子要空起来喃？"

甄画家简直不敢相信自己的耳朵，他喜出望外："小满，你说的是真的？"

"我给你说的哪一句话不是真的？"小满站起身来，"你现在就到我家去，把那幅画拿走。"

"小满，你不要急嘛，坐下来慢慢说。"甄画家拉小满坐下，"这幅画对我来说意义非凡，是我生命中最重要的作品，一生的真爱只有一次，这幅画是我这一生真爱的见证。既然我把它献给了你，我咋能要回来喃？小满，你开个价。"

"开个价？你啥子意思哦？"

"小满，我就给你交个底，这幅画在我心里无比珍贵，珍贵得即使出天价，我也不会卖。小满，你开个价，这样我心里会好受点。"

小满又站起来："你要这么说，我就走了，你就当我今天没有找过你。我实话给你说，那几年，我丈夫每星期两次去医院做透析，还需要一大笔钱准备给他换肾，日子过得那么艰难，我从来没有动过拿这幅画去换钱的念头。"

甄画家的心都要碎了，他最后恳求道："小满，你不为你自己，也要为你还在读书的儿子、为你聋哑的妹妹着想啊！我记得你曾经说过，要和你结婚的一个条件，就是要和你一起照顾你妹妹一辈子，我虽然没有和你结婚，但是我愿意照顾你妹妹……"

"我代我妹妹谢谢你的好意。"小满说起她妹妹谷雨便眉开眼笑，"我妹妹现在有出息得很，人家已经是蜀绣大师了，还有了自己的品牌'谷雨绣品'，我都是给她打工的，开了一个'谷雨绣品'代理公司，我是总经理。钱挣得不多，主要是我一根筋，坚持'谷雨绣品'必须是谷雨亲手绣出来的，绝不请代工，也绝不批量生产，这样就会少挣很多钱，不过也够用了。"

甄画家惊讶于小满的品牌意识，他对小满说："你这样做是对的。做品牌公司就是要有你这样的格局，才能越做越大，越走越远。"

甄画家送小满回家，西玉龙街离九思巷不远，两人并肩走着，却一路无话。也许他们都想起了他们的青葱岁月，他们手拉手走在乡间的小路上，彩霞满天，看着黄昏的夕阳，听着归林的鸟叫，他们有说不完的悄悄话。

23

这天晚上，甄画家失眠了，满脑子都是小满，一会儿是过去的小满，一会儿是现在的小满。现在的小满依然很美，但不是过去的小满那样的惊艳，那样的"一眼万年"，她现在的美，美得有韵味，美得有内涵，就像一杯醇厚的美酒，值得慢慢品味，越品越有味。

甄画家结了两次婚，离过两次婚。第一任妻子是他大学老师的女儿，因崇拜他的才华，执意要嫁给他，婚后五年离婚，甄画家净身出户，育有一个儿子留给女方抚养；第二任妻子是一个法国人，也是一个画家，是他在法国留学时认识的，两人婚后育有一个女儿。甄画家爱中国，法国妻子爱法国，都不愿意迁就对方放弃自己的国家，只好分道扬镳，他们的女儿留在了法国。离过两次婚的甄画家没有再结婚，女朋友倒是换了一个又一个，个个年轻貌美，甄画家也画她们，就是找不到当年画小满的感觉，这就是为啥子在他成名以后，没有作品能够超越他在没有名气的时候画的《小满》的原因。

甄画家功成名就，成了名利场上的红人，他的一幅画价值不菲，围绕在他身边的女人，不是冲着他的名，就是奔着他的利，甄画家心明眼亮，所以他不再结婚。小满爱上他的时候，他还是一个插队知青，小满是为他付出最多的女人，也是唯一一个对他没有任何要求的女人，每每想起小满，甄画家只有一声叹息。

画展开幕的前一天，记者们本来想去现场看甄画家在电视采访中说的那个"最重要的位置"，想就这个"留空"大做文章，设置悬念，吊足参观者的胃口。记者们来到展厅，迎面看见的那个最重要的位置并没有空着，已经挂上了一幅油画，只看一眼，就有"一眼万年"的震撼，凑近了一看画上的小字，正是《小满》。记者们如获至宝，马上回报社发稿，确保这个重大新闻在画展开幕的当天见报。

第二天，来看甄画家画展的人比预期多了好几倍，他们都是看了新闻抱着强烈的好奇心来的，就是为了看甄画家最得意的作品《小满》。总而言之，甄画家全国巡展在成都的首展获得了空前成功，人气足旺，话题度足高。甄画家在全国各地的画家朋友、评论家和他的崇拜者都打飞的来成都看《小满》，他们经常听甄画家说他最好的作品是《小满》，他们每个人的心中都有一个自己想象的《小满》，今天终于见到了《小满》真迹，他们不得不承认，他们眼前的《小满》，比他们想象的《小满》更美，美得令人心颤。

小满和谷雨也来看甄画家的画展，她们随着人流进入展厅，人都堵在《小满》这幅画前，久久不愿离去。和小满第一次见到这幅画一样，谷雨哭了，她也是被画上的小满美哭的。她用手语对小满说，她要把这幅油画绣成蜀绣，小满说这幅画现在属于甄画家，要得到他的同意才行。

谷雨马上就要去找甄画家，甄画家这时正在接受记者的采访。小满怕记者认出她来，忙拉着谷雨躲在墙角处。等记者采访完，甄画家刚要转身离去，被小满叫住了。甄画家一看小满身边的谷雨，不用介绍便知她是小满的妹妹，姐妹俩都有一双会说话的大眼睛，一对甜蜜蜜的小酒窝。

"你是谷雨？"甄画家看了看小满，"你们俩姐妹长得真像啊！"

谷雨把手里的鲜花献给甄画家，又指指小满，表示她和小满祝贺甄画家在成都的画展圆满成功。然后，她对甄画家比画了一阵，甄画家不懂手语，小满要给他翻译，甄画家说："我懂谷雨的意思。她说她想把《小满》这幅画绣成蜀绣。小满，你给谷雨说，我马上派人把画取下来，给她送去。"

小满把甄画家的话用手语告诉了谷雨，谷雨连连摆手，又比画了好一阵，这次甄画家看不懂了，他问小满："啥子意思哦？"

小满对甄画家说："谷雨说，等你办完了成都的画展，还有其他几个城市的巡展，再给她送去。她会抓紧时间把这幅画绣出来，需要一年的时间，到时候会把这幅画还给你。"

甄画家赶紧说："小满，你要给谷雨说清楚哦，这幅画我早就送给你了，所有权是属于你的哈。"

小满没有把甄画家的话翻译给谷雨。

甄画家成名以后，在国内国外办过好几次画展，从来没有一次像在成都的这次这么成功，这么轰动，都是因为《小满》这幅作品，众口交赞，不仅美术界的专家学者给予了高度评价，也成了为数极少能进入大众视野的深入人心的艺术精品。那些有眼光的收藏家们竞相出高价要购买《小满》，比甄画家以往卖出的任何一幅作品的价都高出许多，更有不达目的誓不罢休的收藏家直接让甄画家开个价，他说多少就是多少。甄画家被逼得只好实话实说，说《小满》画好以后，他就送给了小满本人，现在《小满》的所有权属于小满本人。

来自四面八方的收藏家们都悄悄潜入成都，全城搜寻小满，在小满经常出入的九思巷以及送仙桥一带，常有人暗中尾随。一天，小满坐出租车到她在送仙桥的公司，刚从车上下来，一位六十几岁器宇不凡的老先生便迎了上来要和小满握手："小满女士，幸会！幸会！"

小满以为遇见了熟人，但老先生一口京腔，她的熟人中并没有北京人啊！老先生虽然也是第一次见小满，但有见人自来熟的说话技巧："小满女士，您没有见过我，我可在很多年前就见过您。"

小满完全蒙了:"很多年前?我对你咋个一点印象都没得嘛?"

老先生哈哈一笑:"玩笑!玩笑!我是在一幅画上见过您,那画上是很多年前的您,所以我说在很多年前就见过您;那幅画的名字叫《小满》,所以我知道您就是小满。"

小满问老先生:"先生贵姓?你找我有啥子事嘛?"

老先生说:"我在这里等了您三天,今天终于把您等到了,我们找个地方坐下来慢慢聊。"

小满说过一会儿还要见一个客户,她请老先生到她公司里,泡了一杯竹叶青,放在老先生的面前:"请喝茶!不晓得你们北京人喜不喜欢喝我们四川的绿茶?"

老先生抿了一口:"四川绿茶的极品就是竹叶青,果然名不虚传,好茶!"

老先生一边喝茶,一边欣赏挂在墙上的"谷雨绣品",连声赞道:"真是巧夺天工啊!原来小满女士从事的也是和艺术有关的工作。"

"我妹妹是蜀绣大师,这些都是我妹妹的作品,我的公司是'谷雨绣品'的代理公司。"

小满心里着急,她想这位老先生不晓得有好重要的事情,才会在她公司门口等了三天。她再一次问道:"先生找我有啥子事?"

老先生先做自我介绍:"我姓夏,喜欢收藏油画,我是专程从北京飞到成都来看甄亚飞的画展,确切地说,就是来看《小满》这幅画的。我和甄亚飞认识多年,我也收藏过他的作品,他多次向我提起《小满》,说是他最好的作品;但是在他的画展中,这幅作品从来没有出现过,也没有人见过。这次《小满》首次出现在成都的画展上,不只是我,从外地来了好多同行都是来看这幅画的。小满女士,我们长话短说,我想收藏《小满》这幅作品。"

小满问夏先生:"你既然认识甄亚飞,你为啥子不直接找他喃?"

"我找了。亚飞说这幅画是您的,他在多年前就把这幅画送给您了。是这样吗?"

小满说:"当时是送给我了,这么多年一直都在我家里。就是前阵子，我晓得他要在成都办画展，又把这幅画还给他了。"

"您还给他了？"夏先生像看外星人一样看着小满，"您知道这幅画现在值多少钱吗？"

"我晓得。甄亚飞给我说过。"

"您知道，为什么还要把这幅画给甄亚飞呢？"

"不是给他，是还他。"小满一副无所谓的样子，"这幅画本来就是甄亚飞画的，他在电视上说这幅画是他最好的作品，我就把这幅画还给他了。"

夏先生看着小满，半天说不出话来。小满完全颠覆了他对漂亮女人的认知。在他们那个圈层中，"漂亮女人"是永恒的话题，"漂亮女人"就是一门学问，他们不仅深入研究，还把不同地域的美女作比较研究。成都是盛产美女的地方，当然是他们的重点研究对象——他们公认成都美女皮肤好，长得乖巧，说话的声音好听，但身材不如重庆的美女，脸上的轮廓骨相不如北方的美女，气质不如江南的美女；不过论给人舒服和松弛的整体感觉，成都美女说第二，没有哪个地方的美女敢说第一，所以许多外地的男人来到成都之后，都会后悔自己结婚太早。夏先生是"漂亮女人"的资深研究者，到了他这个年纪，他的研究早已超越了对美女外在的研究，在他的心目中，美到极致的女人应该有一个有趣的灵魂，这样的女人万里挑一。他眼前的这个名叫小满的成都美人，就是万里挑一。

24

果然像夏先生说的那样，收藏界的各路人马都聚集在成都，都是奔《小满》来的。这天，一位身材高挑戴一顶紫红贝雷帽的女士在九思巷徘徊了一天，夜色渐浓，路灯亮了，一个袅袅婷婷的身影出现在九思巷，正款款地向她走来。在昏黄的灯光下，戴贝雷帽的女士看不清她的模样，仅凭直觉，她肯定这个风情万种的女人就是她等了一天的小满。她快步迎上去："小满，我终于把您等回来了！"

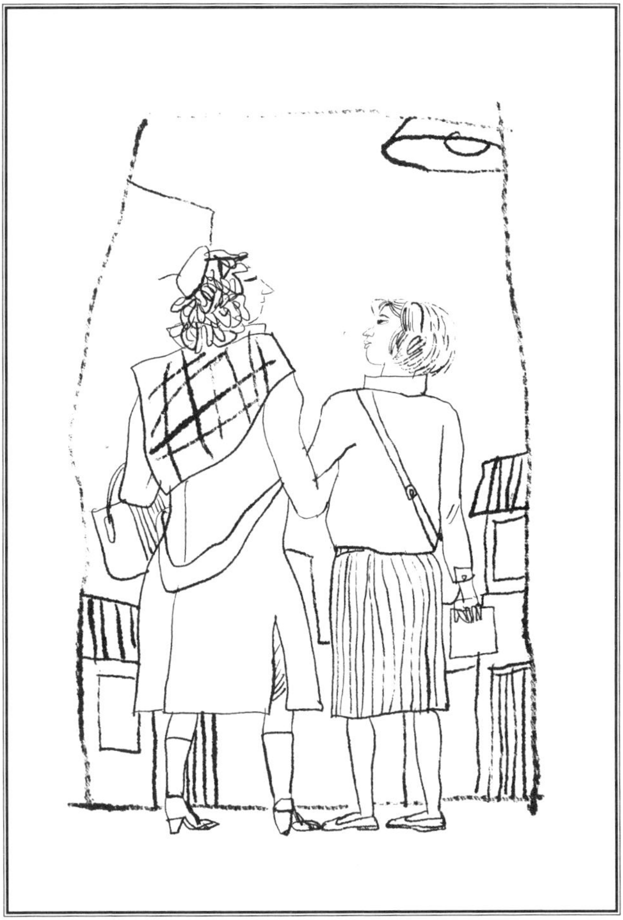

女士挽着小满的胳膊向8号公馆走去，不明就里的人还以为她俩是久别重逢的朋友。小满听她说一口不太流利的中国话，又见她一身异国情调的打扮，问道："请问，你是……"

"哦，您叫我苏菲吧。"苏菲十分健谈，"我是生在中国长在法国的法籍华人，我和甄先生是在法国认识的，我在法国开了一家画廊，全世界的著名画家和我都有合作。甄先生好几幅画作都是在我的画廊里卖出去的。甄先生最好的作品，如果我能为他效力，那将是我莫大的荣幸。"

这一长段中国话，苏菲说得磕磕巴巴，小满虽然听得吃力，但也明白了苏菲女士的来意。到了8号公馆，小满却没有要进去的意思，她说："苏菲女士，你是不是找错人了？"

"我没有找错人，我要找的就是您。"苏菲有点急了，说话更是费劲，"甄先生在法国的时候，经常给我提起他最好的作品是《小满》，他说在这个世界上，除了他，只有一个人见过这幅作品，这个人就是"小满"本人，他画完这幅画,就把这幅画送给了您,这是真的吗?"

小满点头:"是真的。"

"为什么又会出现在他的画展上呢?"苏菲说,"我是听中国的画家朋友说,甄先生最得意的作品《小满》在成都的画展上出现了,我是专程从巴黎飞过来看《小满》这幅画的,果然名不虚传,称得上艺术珍品。"

小满说,她也是看了甄画家的电视采访,才晓得《小满》是他最好的作品。她以为《小满》是他想当画家还没有当上画家的时候画的,不值一提,没想到他如今都是闻名天下的大画家了,真的就没有一幅比《小满》更好的画作吗?

"真的没有。"苏菲肯定地说,"甄先生所有的画作都给我看过,也许甄先生当时画《小满》的时候,没有具备现在这么高超的画技,但他那时有您,有您给他的创作冲动,这样的激情是不可复制的,再高超的画技也不行。"

小满笑了,是从心里笑的:"我把这幅画还给他,是我这辈子做得最正确的事情。"

小满的笑，让苏菲感慨万千，她终于明白甄亚飞为什么画不出超越《小满》的作品了。苏菲不甘心，她还想在小满身上再下一番功夫。她拉着小满的手："小满，我见到您的第一眼就喜欢您，您不请我去您家里坐坐吗？"

小满有些局促地说："对不起，苏菲女士，我本来是应该请你去我家，可我家只有一间房，我和我儿子住，他现在可能在做作业……"

苏菲十分惊讶："啊？我以为这个公馆是您的，原来您只有一间房，您是说您现在和您儿子住在一间房里？"

"是的，我丈夫几年前去世了。"

苏菲说话不再拐弯抹角了，她直奔主题："小满，如果您相信我，就把《小满》交给我，我一定卖出一个天价来，您完全可以把这个公馆买下来。"

小满摇摇头，轻描淡写地说："我已经把那幅画还给甄亚飞了，你去找他吧！"

"我找过他了，他说他早把这幅画送给您了，所有权是您的。"苏菲竭力要说服小满，"小满，您不为您自己，也要为您的儿子想一想，他长大了，您还能和他住在一个房间吗？买房子需要很多很多的钱。"

"谢谢你，苏菲女士！我已经把画还给甄亚飞了，所有权就是他的。"

小满的语气毫无回旋的余地，苏菲再做努力也是徒劳。临别时，苏菲拥抱了小满，说："我这次到成都来，最大的收获不是看到了甄先生的得意之作《小满》，而是认识了画中人小满。"

苏菲对小满的赞美是真心的。男人对漂亮女人的赞美可以慷慨，女人对女人的赞美却极其吝啬，尤其是对漂亮女人。

25

几个城市的巡展圆满结束之后，甄画家把《小满》送到浣花溪边谷雨住的小院里。他对谷雨的蜀绣作品赞不绝口，小满说谷雨最得意的作品，是用绣花针和丝线绣的水墨画，杜甫的四行诗句"两个黄鹂鸣翠柳，一行白鹭上青天。窗含西岭千秋雪，门泊东吴万里船"，分别镶嵌在四扇雕花的檀香木屏风上，可惜他看不见了，展出的当天便卖出去了，只能给他看照片。甄画家一边看照片一边惋惜道："这样的极品真不应该卖啊！"

"我也是这么想的，可谷雨执意要卖。"小满的眼里有了泪光，哽咽道，"当时，要给我丈夫准备换肾的钱……"

看见小满伤心的样子，谷雨似乎明白了她姐姐和甄画家在说啥子。她指指甄画家送来的《小满》，用手语告诉他们，她要用蜀绣的针法绣出油画《小满》，这将是她最好的作品，给多高的价都不会卖。

谷雨用蜀绣的针法绣出了水墨画的效果已经让甄画家惊叹不已，要绣出油画的立体感和质感，而且还是人物像，能绣出面部五官和头发上的光影效果，在甄画家看来就是奇迹。

谷雨听不见说不出，揣摩人的心思就成了她必需的生活本领。她明白甄画家心里在想什么，她用手语比画着：蜀绣有122钟针法，"乱针绣"是最难的，用"乱针绣"和"平针绣"相结合的手法，可以绣出油画的效果。

甄画家还没到"叶落归根"的年龄，可这次回成都，他再也不想离开了，他在浣花溪那一带买了一处房子住下来，步行到白日梦姑婆的小院也不过十几分钟。姑婆已经九十几岁，患轻度脑痴，对眼前的事情转身就忘，对过去的事情却记忆犹新。她每天就盼着甄画家来，听她摆老成都的老龙门阵，甄画家也喜欢听，经常摆到一半，姑婆就睡着了，甄画家便去看谷雨绣《小满》。

谷雨眼里只有《小满》，她穿针引线地绣着《小满》，听不见他的脚步声，听不见他的呼吸，完全感觉不到他的存在。甄画家就坐在谷雨的身后，面对那幅他百看不厌的《小满》，沉浸在回忆中，最难忘的还是他的知青岁月，那些和小满在一起的画面如电影般在他脑海里闪回：那开满野花的小河边，那挂着鲜红二荆条的辣椒地，那炊烟袅袅升起的竹林盘，还有那含泪离别的火车站……

斯小姐

1

这天一早，蒋义一手捧着两朵黄角兰，一手提着一袋桑果来到8号公馆，他把黄角兰给了我，把桑果交给梁姆姆去洗，梁姆姆却说："今天可不许你们吃桑果了，等一会儿斯老师来，你们三个不要把人家吓跑了。你们自己不晓得吃了桑果的样子有好吓人，嘴皮牙齿舌头都是乌黑的，就像三只乌嘴猫。"

我们都问梁姆姆："哪个斯老师？"

"就是幼儿园的斯老师，你们都忘了啊？"

我和小哥都想起来了，蒋义小时候也上的这个幼儿园，他也想起来了。斯老师是幼儿园最年轻的老师，其他的老师都是当过妈妈的，只有她是没有当过妈妈的年轻女娃娃，梳两条长辫子，辫梢那里扎两个粉蓝色的蝴蝶结，走起路来，两只蓝蝴蝶就在腰间飞动。斯老师不会照管孩子，只会唱歌跳舞弹风琴，所以她只负责教孩子们唱歌跳舞。

幼儿园原来是斯公馆，斯老师是斯家最小的女儿，从小在斯公馆里长大，九思巷的人都叫她"斯小姐"。后来，梁家搬进了8号公馆，梁姆姆也跟着街坊邻居叫她"斯小姐"。新中国成立后，斯公馆成了街道幼儿园，斯公馆只剩下斯小姐和她的奶妈，幼儿园拨了一间房给她们住。斯小姐中学毕业后，因为家庭出身不好，升不了学，也没有好单位肯要她，便在这个街道幼儿园当了老师，她的奶妈黄姆姆也在幼儿园做了炊事员。

梁姆姆告诉我们，斯小姐要搬到8号公馆来，她说幼儿园不办了，成了街道办事处，房管所就把8号公馆小洋楼二层的一个房间分配给斯小姐住。

我们盼着斯小姐快点到来，我还把蒋义送给我的黄角兰留起来要献给斯小姐。我们在后花园的石桌上一边做《暑假作业》，一边等斯小姐，还是忍不住把蒋义带来的桑果都吃了，红得发紫的桑果汁都留在了《暑假作业》上。梁姆姆正用毛巾给我们三个擦嘴擦脸，斯小姐和她的奶妈黄姆姆已经来了，一人抱一个大包袱，梁姆姆把她们带到二楼我家隔壁的那个房间，问她们咋不去借辆架架车搬家啊。

斯小姐说："就几步路，我和黄姆姆不过是多搬几趟。"

梁姆姆说："像你们这样蚂蚁搬家，啥子时候才搬得完哟？"

"我们去搬！"

小哥和蒋义撒腿就跑，一趟子跑到斯公馆，他们在上幼儿园的时候，便晓得斯小姐住哪间房。他们熟门熟路地进了斯小姐的房间，里面的东西并不多，大的物件就是一张单人的钢丝床，一个桃木雕花的梳妆台，一架脚踏风琴，最引人注目的是一台立式复古留声机，古铜色的大喇叭彰显着这台留声机价值不菲，还有满满一大箱子黑胶唱片。

小哥和蒋义把搬运大件的活儿全包了，我负责一趟一趟地搬书，斯小姐和黄姆姆负责打扫新家。晚饭前，斯小姐所有的东西都从斯公馆搬来了，斯小姐和黄姆姆也把新家收拾规整好了，梁姆姆请斯小姐和黄姆姆下楼来吃晚饭。

梁家客堂中央的八仙桌上凉着几碗荷叶稀饭，还冒着热气，客堂里飘着荷叶的淡淡的清香。熬稀饭的荷叶都是从荷塘里摘下来的新鲜荷叶，每天下午都有人挑着一担荷叶到8号公馆来卖，两分钱一片。梁姆姆每天都买两片，放一片在我的头上，放一片在小哥的头上，让我们当凉帽玩一会儿，再放进水缸里，让荷叶浮在水面上。等稀饭熬熟了，取一片荷叶盖在稀饭上，荷叶的清香和淡淡的绿色便都在稀饭里了。

八仙桌中央摆着几样配荷叶稀饭的小菜：一盘流油的咸鸭蛋切成两半摆在盘子里，红的红白的白，像盛开的花瓣；一盘青椒擂皮蛋，青椒是放在火上烧熟的，再剥两个松花皮蛋，放进碓窝里一起擂，别看擂出来的青椒皮蛋样子不中看，黑乎乎烂渣渣的，却是一道妙不可言的"下饭神器"；装在玻璃碗中的是粉红色的洗澡泡菜，把莲花白和红萝卜皮放在泡菜坛子里只能泡一个晚上，泡久了便会失去清脆的口感，捞起来淋上红油，撒一点花椒面，撒一点白糖，上桌后现拌现吃。

梁姆姆用筷子拌着洗澡泡菜对斯小姐和黄姆姆说："用稀饭招待你们，不要见外哈！"

"天气热，吃稀饭正好，给你们添麻烦了。"斯小姐站起身来，给梁医生和梁姆姆鞠躬道谢。

"快坐下！快坐下！"梁医生也站起身来，"千万别客气，以后我们就是一家人了。"

斯小姐刚坐下，黄姆姆又站起来给梁医生和梁姆姆鞠躬，话还没说眼泪就流下来了："我明天就回乡下了，我想把小姐托付给你们。小姐从生下来到现在，我就没离开过她，他爹妈临走时把小姐托付给我，幼儿园不办了，我也没得法子，不得不走……"

斯小姐扶着黄姆姆坐下来，说："黄妈妈，你就放心地走嘛，我都这么大了，可以自己生活了。"

黄姆姆说："我就是不放心你的一日三餐。"

梁姆姆说："不就是添双筷子添个碗，斯小姐就在我们屋头吃。"

斯小姐摆手连声说"不"，她说她会做饭，可以自己做饭吃。

第二天一早，黄姆姆要走了，斯小姐把她送到8号公馆的门口，黄姆姆千叮咛万嘱咐，车辘辘话说了一遍又一遍。斯小姐催她快走："你再不走都中午了。"

黄姆姆终于走了，一步一回头，万般不舍。斯小姐含泪目送。等黄姆姆消失在九思巷，斯小姐低头朝平安桥走去。我赶紧去向梁姆姆报告："斯老师也走了，她在哭。"

"好可怜哦，三十几岁了还孤苦伶仃的一个人，她该不会……"梁姆姆叫我跟在斯小姐的后面，看她要到哪里去。

我远远地跟在斯小姐的后面。斯小姐走到平安桥天主教堂那里就不再往前走了。黑色的围墙将教堂严严实实地围在里面，一道黑色的小门紧闭着。以前御河还没有挖成防空洞的时候，小哥经常带我到御河边玩，去御河经过这个用黑墙围起来的地方，对我和小哥来说充满了神秘感，我们不止一次趴在黑色小门的门缝上往里看，啥子都看不见。小哥回家问梁姆姆，那个地方为啥子要用黑墙围起来？梁姆姆一脸惶恐："小娃娃家晓得那么多干啥子嘛，那个地方去不得哈。"

我回家问母亲，母亲从来不会因为我是小娃娃就敷衍我，但在回答我这个问题时，也小心翼翼地把声音压得低低的："以前，那个地方是天主教堂，你以后不许再去。"

大人们都不许我们去黑墙围起来的地方，也不许我们打听黑墙里面的事情，但我晓得了那个地方是天主教堂。

斯小姐在黑墙边走过来走过去，她眼帘低垂，有个疯跑的小娃娃撞了她一下，她也浑然不知，完全沉浸在她的内心世界里。

我跑回8号公馆报告梁姆姆："斯老师去天主教

堂了。"

"啊?"梁姆姆如大祸临头的样子,"她去那里干啥子?"

"没干啥子,就在那里走来走去。"

我学着斯小姐的样子,双手握在胸前,眼睛看着自己的足尖,走过来走过去。

"哎哟喂,斯小姐莫非是天主教徒,她在做祷告?"

我问梁姆姆:"啥子叫'做祷告'?"

"就是把心里的话讲给他们的主听。"

我又问梁姆姆:"他们的主是哪个?"

"是个外国人。"梁姆姆似乎对斯小姐有些不满,"她咋个去信了天主教嘛?天主离她那么远,咋个保佑她嘛?"

梁姆姆是信佛教的,她认为斯小姐应该像她一样信佛教,菩萨就在身边,可以天天保佑她。在梁家的客堂里有一个用屏风遮挡的角落,小小的角柜上就供着一尊菩萨,没人的时候,梁姆姆就会钻进去跪拜菩萨,念几声"菩萨保佑",念几声"阿弥陀佛"。这一切都是悄悄进行的，她怕人家说她搞封建迷信。

下午，斯小姐回来了，像换了一个人似的，还笑吟吟地和梁姆姆打招呼，倒把梁姆姆搞蒙了："莫不是她把心里头的话讲给天主听了，天主帮她解开了心里头的疙瘩，她就想开了？"

2

那天，小哥和蒋义帮斯小姐搬家，把钢丝床、梳妆台和立式留声机都搬上楼了，在搬脚踏风琴时，斯小姐犹豫不决："我在屋里弹琴，会不会影响住在隔壁的林校长？她的工作那么忙，影响到她的休息就不好了……"

小哥说把风琴搬到后花园的八角亭去。虽然八角亭的门上贴了封条，属于国家财产，但为了挤羊奶养活我，小哥在里面养羊，一养就是三年，还不是平安无事？现在放一架风琴进去，比在里面养一只羊的风险小多了。

小哥自作主张将斯小姐的脚踏风琴搬进了八角亭，八角亭已有好多年没人进去，墙角和天花板上布满蜘蛛网，肥大的蜘蛛迈着八条腿在网上奔跑，毫不畏惧人的到来。斯小姐的手臂上鼓起了鸡皮疙瘩，尖声叫着跑出了八角亭。

第二天，就是斯小姐去平安桥天主教堂那会儿工夫，小哥用叉头扫把，把八角亭里面的蜘蛛网一扫而空；蒋义用杀虫剂，把蜘蛛和蚊虫消灭得干干净净。蒋义还跑回蒋公馆摘来一盘子黄角兰，每个窗台上都放几朵，把八角亭熏得香喷喷的。

当天傍晚，从后花园里便传来了我们在幼儿园时都听过的琴声："长亭外，古道边，芳草碧连天……"那时我躺在幼儿园的婴儿床上，几乎是听着这悠扬的琴声长大的。

母亲站在阳台上，晚风把八角亭里的琴声送到她的耳畔，她陶醉在斯小姐的琴声里，自言自语："好久没听到这样的琴声了。"

8号公馆的大灶房,原来是梁家和我们家合用,现在斯小姐搬来了,就变成了三家合用。斯小姐的奶妈黄姆姆教会了她在蜂窝煤上煮饭,还教会她炖鸡汤,鸡汤面鸡汤抄手就成了斯小姐的主食,用鸡汤煮出来的洋芋和莲花白就成了斯小姐仅会的一两样下饭菜。

灶房外面有一条宽宽的走廊,梁姆姆喜欢在走廊上择菜,比如在春天掐豌豆尖儿,放几根在面条里,能吃出春天的味道;有时剥胡豆壳壳,剥出来的嫩胡豆白白胖胖,还要把外面的皮皮也剥下来,用胡豆瓣瓣和泡青菜一起煮酸菜汤;秋天在御河边的银杏树下捡了白果,梁姆姆用小锤子敲掉坚硬的外壳,给我一根牙签,叫我挑出藏在果仁里面的嫩芽,她一遍又一遍地叮嘱:"梁小猫,你一定要把白果里面的嫩芽芽挑干净,不然炖出来的鸡汤有苦味儿,还有毒性。"

这天,我坐在小板凳上帮梁姆姆剥毛豆,梁姆姆说天气热火气大,绿色的豆浆清热降火。斯小姐在蜂窝煤上熬鸡汤,也搬来一个小板凳坐下来帮梁姆姆剥毛豆,她们摆起了龙门阵,斯小姐的身世我也听了个大概。

斯小姐的父亲是国民党的高级将领,在成都解放前夕,他主张和平解放成都,被国民党特务挟持去了台湾。那一年,斯小姐才十二岁,她父母连和她告别的机会都没有,便匆匆地离开了,从此她和她父母断了音信,只能和她的奶妈黄姆姆相依为命。成都解放后,斯公馆归了公,成了街道幼儿园,也没有把斯小姐和她的奶妈赶出来,拨了一间房给她们住。等斯小姐中学毕业了,因为"有海外关系"的不良背景,升不了学也找不到工作,幼儿园看她会弹风琴会唱歌,就让她在幼儿园当了教小朋友唱歌跳舞的老师,让她的奶妈黄姆姆在幼儿园当了炊事员。

让梁姆姆耿耿于怀的是斯小姐的信仰。她问斯小姐:"你咋个去信了天主教喃?"

"我母亲是天主教徒,她说我是上帝赐给她的小天使,她给我取名'安琪'。小时候,我每星期都要跟着母亲去平安桥的天主教堂做礼拜,我还参加了唱诗班,学会了弹风琴。八角亭里的那架风琴就是我母亲送给我的。"

难怪斯小姐每天傍晚都去八角亭里弹风琴，风琴是她母亲留给她的念想，她弹出的每一个音符都是对她母亲的思念。梁姆姆释怀了，不再纠结斯小姐信的是天主教。面对这个无依无靠的孤女，梁姆姆心疼不已。她对斯小姐说："你要不嫌弃的话，以后你就把我当成你的妈。"

梁姆姆大斯小姐不过十来岁，本来她想让斯小姐认她当姐姐，但是梁医生的辈分摆在那儿，梁医生比斯小姐高一辈，梁姆姆的辈分也就上去了。

剥完了毛豆，梁姆姆侧身坐在石磨边推磨，斯小姐往磨眼里喂青豆，磨出来的稠稠的淡绿色液体流入纱布袋里，从纱布袋里流出来的就是绿豆浆，留在纱布袋里的是绿豆渣。梁姆姆说把豆渣拿来煮稀饭，颜色好看，营养还丰富。梁姆姆做了这些费工费时的食物，都要请我母亲尝尝鲜。

"梁小猫，一会儿请你妈妈下来喝豆浆稀饭哈！"

那天傍晚，斯小姐在梁家喝了豆浆稀饭便去八角亭弹风琴，母亲和梁姆姆搬了小板凳坐在厨房外面的走廊上乘凉，摇着芭蕉扇摆龙门阵。

梁姆姆说："林校长，我今天跟斯小姐摆了一会儿龙门阵，心里头多难受的。孤零零的一个人，别看她是个大门大户的小姐，其实她好单纯哟，我就怕她受人欺负。"

母亲说："是呀，她在斯公馆长大，后来又在幼儿园工作，接触的人太少，也不懂社会的复杂性。"

"所以嘛，我们要帮她。"梁姆姆顺势对母亲说，"你在学校当校长，认识的人多，给她介绍一个对象嘛。"

"介绍对象？斯小姐那么清高，那么浪漫，她不会接受这种方式吧？"

"她的情况和你差不多，你还不是清高，还不是浪漫，结果喃，你和老唐还不是别人介绍的，现在过得好巴适嘛。"

母亲当时的情况确实和现在的斯小姐的情况差不多，也像斯小姐那么清高那么浪漫，她要等，等她未来的爱人来到她的身边，就像白马王子骑着白马来到白雪公主的身边一样,断然不能接受别人介绍的对象。可她最听她哥哥也就是我舅舅的话,我舅舅要她改名字她就改名字,我舅舅要她要求进步她就要求进步,我舅舅让她去相亲她就去相亲——我母亲因为家庭出身不敢恋爱,年过三十,在舅舅的张罗下,她第一次相亲就遇见了我父亲,他宽厚的肩膀给了母亲足够的安全感,直觉告诉她,这是可以依靠一辈子的人。

"好姻缘都是可遇不可求,"母亲感慨道,"还是要看缘分。"

"这个道理我懂。万一斯小姐的缘分到了呢?"

母亲答应梁姆姆,她会把斯小姐的事放在心上,但是急不得,得慢慢找。

3

梁姆姆和斯小姐的接触越多越觉得斯小姐单纯,这种不食人间烟火的人最容易上当受骗,所以斯小姐的终身大事她一定要管。母亲说斯小姐的事急不得，要慢慢找，梁姆姆可等不及。

这天，九思巷著名的王姆姆端了一个空碗，来8号公馆找梁姆姆要泡菜水。梁家的泡菜是九思巷公认的最好吃的泡菜，经常都有街坊邻居来8号公馆向梁姆姆要泡菜水。

王姆姆在九思巷也算著名人物，她的名气是做媒做出来的。梁姆姆从泡菜坛子里舀了大半碗泡菜水给王姆姆，顺便说了想请她给斯小姐介绍对象的意思。

"哎呀，你咋不早说嘛？我正好有一个表侄儿，他也姓王，这个人你也见过。"

"我见过？我见过的人多了，你就说是哪个嘛。"

王姆姆故弄玄虚："你那么喜欢看川剧，他的名气又那么大，你肯定见过的。"

梁姆姆是川剧戏迷，以前经常去锦江剧场看川剧，喜欢看《金山寺》《柜中缘》《御河桥》这些经典的折子戏，这些年都不让演了，她也好多年不去剧场了。

"你说的是哪辈子的事哟，现在演的都是革命样板戏,我咋晓得你说的哪个嘛?"

王姆姆终于说出了她的表侄儿:"就是那个大名鼎鼎的变脸王。"

川剧变脸是川剧表演的一种独特的艺术,以快速准确的面具变换动作来表现人物的性格及情感变化。像梁姆姆这种川剧爱好者肯定看过舞台上的变脸表演,变脸比眨眼睛还快,根本搞不清是哪个变的,更看不清变脸人的真实面目。再说,好多年在舞台上都看不见川剧的变脸表演了。

王姆姆恨不得将她表侄儿的所有才华都说给梁姆姆听:"人家不仅变脸变得快,还有一门绝技——喷火,一股一股的火焰从他嘴巴里头吐出来,嚯哟,好吓人哦!你说我表侄儿是不是一般人?"

"再不一般也过时了,变脸也好,喷火也好,现在都上不了舞台咯。"梁姆姆问王姆姆,"你表侄儿现在干啥子嘛?"

"人家现在是台柱子,演的都是主角。"王姆姆炫耀道,"他演现代川剧《智取威虎山》里面的杨子荣。"

梁姆姆听收音机听过京剧样板戏《智取威虎山》，晓得杨子荣是插入敌人心脏的孤胆英雄，是绝对的主角。能演主角的人资历都不浅，又听说他原来又变脸又喷火的，便问王姆姆："你表侄儿的年龄……"

"也就四十来岁，"王姆姆说，"没结过婚，和斯小姐一样，挑来挑去挑花了眼，我看他们两个般配得很。"

梁姆姆也觉得般配，就给斯小姐讲了，还定下了第二天来8号公馆见面的时间。斯小姐的心里是一万个不情愿，她坚信她的姻缘不是找来的，是等来的，她不能接受相亲；但又不愿辜负梁姆姆的一片好意，她嘴上答应下来，转身就去找小哥。

第二天下午，小哥和蒋义就像两个门神，守在8号公馆的门口。见面的时间约在下午两点半。主角"杨子荣"准时到达。他偏着颈子，当守在门口的小哥和蒋义是空气，昂首阔步跨过门槛往里走。

"站住！站住！"

"杨子荣"站住了，还是偏着颈子，眼睛不看小哥也不看蒋义，不晓得在看哪里，也不晓得他在和哪个说话:"你们在叫我嗦?"

小哥问道:"你找哪个?"

"杨子荣"偏着颈子,眼睛还是不看小哥,嘴里像念川戏道白:"我找斯安琪,王姆姆和梁姆姆约好的。"

正说着,梁姆姆从灶房里出来了:"你是……"她忘了王姆姆当时介绍他时的尊姓大名,只记住了他原来会变脸会喷火,现在演现代川剧《智取威虎山》的主角杨子荣,"你是'杨子荣'哇? 好像哦!"

"你就是梁姆姆嗦?"

"杨子荣"偏着颈子也不看梁姆姆,梁姆姆对他的印象分立减一半,心里嘀咕道:"有啥子了不起嘛? 到了我们8号公馆,还像在台子上演戏一样。"

梁姆姆叫小哥上楼去看斯小姐在不在。

小哥跑上楼进了斯小姐的房间,学了"杨子荣"偏着颈子不看人的样子,斯小姐捂嘴笑得眼泪都流出来了。不用斯小姐指示,小哥也晓得他接下来该做啥子。

小哥下了楼,对"杨子荣"说:"斯老师不在。"

"杨子荣"不相信,说不在你还去了那么长时间?

小哥说他去了那么长时间,是把斯老师的房间都找遍了,也没找到斯老师。

"杨子荣"哼了一声,转身跨出了8号公馆的门槛。

过了一会儿,王姆姆就找上门来兴师问罪,说人都没见着就把人家打发了,啥子意思嘛?

梁姆姆说:"到了我们8号公馆还把自己当'杨子荣',偏着颈子不看人,好不得了要上天的样子!"

"他不是不得了,不是要上天,我忘了给你说,"王姆姆把嘴凑到梁姆姆的耳边,"他本身就是偏颈子。"

梁姆姆一听就抱怨道:"哎呀,你咋个把一个偏颈子介绍给斯小姐嘛?人家斯小姐抻抻抖抖的,亏你想得出来。"

"再抻抖也一大把年纪了,还有海外关系。我表侄儿的家庭关系,那是一清二白,本人又是专门演革命样板戏主角的台柱子,如果没有偏颈子的毛病,还能等到今天让斯小姐挑挑拣拣?"

王姆姆就像在菜市场买菜讨价还价。梁姆姆当场揭穿她:"你当时说的是你表侄儿挑花了眼才把自己耽误了。"

王姆姆反唇相讥："男女之间的事情，还不是你挑我，我挑你，最后都把自己挑剩下了，就像挑剩下来的菜，只好打堆堆卖了。"

王姆姆把斯小姐比喻成剩下的"堆堆菜"，梁姆姆对她极其不满："我们斯小姐金枝玉叶，再好的姻缘，她也配得上。"

因为斯小姐，一向与人为善的梁姆姆与王姆姆反目，从此不相往来，王姆姆再也要不到梁姆姆的泡菜水了。

为了斯小姐的好姻缘，梁姆姆把所有的希望都寄托在值得信任的母亲身上，在她心目中，我母亲是个特别靠谱的人，靠谱的人做靠谱的事。母亲为不负梁姆姆的重托，几乎动用了她所有的人脉关系，七弯八拐地通过她学校的副校长，找到了副校长朋友的表弟。此人名叫杜克尧，大学老师，与斯小姐同岁。母亲把情况讲给梁姆姆听，梁姆姆啧啧啧地赞不绝口，说这么好的条件，打灯笼都找不到。

为避免再出现第二个"杨子荣"，为了对斯小姐负责，母亲决定先见杜克尧一面。

那天在副校长的家里，母亲和杜克尧见面了，杜克尧给我母亲的印象很好，不高不矮，五官端正，行为举止温文尔雅，特别是他讲起话来，风趣而不失真诚。母亲最想晓得的是，他这么优秀，为啥子到现在还单身一人？

杜克尧坦诚相告："我有几段感情经历，主要有三段：第一段是我的初恋，谈了三年，因为我家庭出身不好，她还是抛弃了我；第二段是别人介绍的，她是商店的售货员，她倒没有嫌弃我的家庭出身，就是我们之间没有共同语言，这一段是我提出了分手；第三段是我爱上了大学的女同事，可惜她已经结婚了，这一段单相思也就不了了之。"

母亲把对杜克尧的印象和杜克尧说的那几段感情经历都一五一十地讲给斯小姐听了，斯小姐坚决拒绝和杜克尧见面，她说她不能接受一个感情经历如此复杂的人，她的爱人的心中必须还是一片纯洁的处女地——那是一片仅属于她的处女地，一直在等待她的到来，不容许那么多人都去过了。斯小姐向母亲表明了她的态度：她不找，她要等，等爱来。

梁姆姆完全不能理解斯小姐，在她看来，斯小姐和杜克尧简直就是天造地设的一对，她劝斯小姐还是去见一面再做决定，斯小姐连见一面都不肯。母亲倒是能理解斯小姐，她对梁姆姆说："你劝也没用，斯小姐有'情感洁癖'。"

梁姆姆问母亲："'情感洁癖'是不是一种病？"

母亲说不是病，是一种心理现象，在爱情上追求纯爱，要求对方的情感经历简单如一张白纸，不能有任何的瑕疵，也就是说，不能与任何人有任何的感情纠葛。梁姆姆听了直摇头，说到哪里去找这样的人？除非到童话里去找。

4

女人看女人总是明察秋毫，小满凭直觉，她敢肯定斯小姐恋爱了，只有恋爱中的女人，才会有那种少女感，无论这个女人是二十岁三十岁还是四十岁。

年近四十的斯小姐终于恋爱了，这不仅是她的喜事，也是8号公馆的喜事。梁姆姆虽然和斯小姐非亲非故，但她为斯小姐的婚事也操碎了心。哪怕仅仅是直觉，小满认为也应该马上去告诉梁姆姆："斯小姐有男朋友了。"

"我咋不晓得喃？"梁姆姆问小满，"你咋晓得的喃？"

"我看出来的。"

"听你这么一说，我也看出来了。"梁姆姆说，"这段时间，我发现斯小姐和原来不一样了，要我说哪儿不一样，我又说不出来，反正不像快四十岁的中年女人，像……像……"

梁姆姆想说斯小姐像情窦初开的少女。

"唉！"梁姆姆叹了一口气，"斯小姐眼光那么高，以前给她介绍的条件那么好，她一个都看不上，不晓得这次成不成哟？"

小满说:"我看她容光焕发的样子,这次像是她自己找的。"

"人家斯小姐说了,她不找,她要等,等她的白马王子骑着白马来。不晓得这个骑白马的是个啥子人哟!"梁姆姆想起我母亲对斯小姐的评价,叹了一口气,"唉,斯小姐太单纯,我就怕她上当受骗。"

斯小姐参加了文化宫的合唱团,周二、周四、周六晚上的七点到九点,是合唱团活动的时间,斯小姐的生活变得充实又忙碌,再也不像以前两点一线——从8号公馆到幼儿园、从幼儿园回8号公馆那么单调了。

在一个彩霞满天的傍晚,斯小姐走进文化宫,一个背手风琴的背影吸引了她:身高至少在一米八以上,半新半旧的白衬衫洗得十分干净,扎在深灰色的长裤里,两条大长腿迈着从容不迫的步伐,不时潇洒地甩一甩头。斯小姐跟在这个风度翩翩的背影后面,想象着他的正面形象会不会是她喜欢的模样:有一张轮廓硬朗的脸,一个高挺的鼻子,一双深邃的、不大的眼睛。成都的漂亮女人大都有一双双眼皮的大眼睛，但是斯小姐绝不能接受双眼皮大眼睛的男人，她的奶妈黄姆姆从小就教导她，说男人长着这样的眼睛就是人们常说的"桃花眼"，一肚子的花花肠子。

这个风度翩翩的背影走进了小礼堂，这是合唱团活动的地方，斯小姐一阵心跳。合唱团的团长是文化宫主管文艺的副主任，他姓吕，吕主任热情地迎上来，表情和语气都十分夸张："欢迎欢迎！热烈欢迎！盼星星盼月亮，我们终于把你盼来了。"

吕主任又向大家介绍道："同志们，这是我们合唱团新来的指挥兼手风琴伴奏赵明达赵老师，让我们用热烈的掌声欢迎赵明达老师！"

掌声十分热烈。斯小姐的心儿还在咚咚地跳，她轻轻地拍着手，终于看到他的正面了：他有一张轮廓分明的脸，一个高挺的鼻子，看不清他的眼睛是大还是小，是双眼皮还是单眼皮，因为他戴着一副黑边眼镜，镜片反光。他的额前搭着一绺微微弯曲的头发，难怪他会时不时甩一甩头，原来是要把这一绺头发甩上去。

等热烈的掌声平息下来,吕主任又对大家说:"赵明达老师的手风琴演奏水平高,那不是吹的,我们先请赵明达老师给我们演奏一首,好不好?"

在一片叫"好"声中,赵明达大大方方地在一把椅子上坐下来,手风琴就架在两条大长腿上。他左手放在黑白键盘上,右手放在低音键钮上,低着的头一昂,搭在眉上的一绺头发甩了上去,手风琴的风箱拉开了。赵明达演奏的是一首大家熟悉的曲子《山楂树》:奔驰的列车,黄昏的水面,开满白花的山楂树下,热恋中的青年男女……手风琴是最能激发共情的乐器,合唱团的团员们都沉浸在音画合一的音乐里,有些亢奋,又有些淡淡的忧愁,都有了想谈恋爱的冲动。

斯小姐手脚冰凉,手心里却攥出了汗。她看小说、看电影、听音乐,感动至极,她的身体便会出现这些反应。《山楂树》最后一个音符结束了,赵明达在悠扬的尾声中缓缓地抬起头来,他的目光和斯小姐的目光相遇了，有那么两三秒钟，空气似乎凝固了。赵明达突然有一种强烈的冲动，他要把他最喜爱的一支曲子献给这个让他心动的女人。他拉开风箱，小礼堂里响起了浪漫抒情的旋律。除了斯小姐，所有的人都没有听过这支手风琴曲。赵明达双眼微闭，身子随着旋律轻轻摇动，他完全陶醉在他手指间流出来的音乐里。斯小姐浮想联翩，一幅幅油画般的画面从她眼前掠过，她呼吸到了大自然清新的气息，她看见蓝天白云下，山坡上的一棵树，树叶在风中摇曳生姿。

赵明达拉完这支曲子，没有给大家介绍这是一支什么曲子，他觉得没有必要，因为这是他献给斯小姐的，他的直觉告诉他，这个一看就有音乐细胞的女人是熟悉这支曲子的，也能欣赏这支曲子。

吕主任怕赵明达这么一支接一支地拉一些大家都不熟悉的曲子会冷场，他得掌控场面："赵明达老师的演奏水平那不是一般的高，让我们大开眼界，心服口服。下面，我们请赵老师伴奏，我们来唱一首《年轻的朋友来相会》，好不好？"

赵明达拉起了《年轻的朋友来相会》的前奏，训练有素的合唱团，分声部合唱了这首热情欢快朝气蓬勃的歌曲。赵明达拉起这种节奏明快的曲子，全身充满活力，把合唱团的女团员们迷得神魂颠倒。赵明达的目光和斯小姐的目光又相遇了，这一次，他们都没有躲闪，仿佛认识了好久好久。

两个小时的活动结束后，合唱团的团员们纷纷散去。斯小姐走出文化宫要经过一排梧桐树，她看见树影中有一个人，那是背着手风琴的赵明达，他在等她，他们自然地走在了一起。

赵明达说："我送你回家吧！"

斯小姐没有拒绝。

赵明达又说："我还不晓得你的名字。"

斯小姐回答："斯安琪。"

"啊，天使的名字。"赵明达肯定晓得这个名字的出处，斯小姐怕他深究下去，把她不愿告人的家庭出身扯出来，赵明达极有边界感，他及时转换了话题："安琪，我刚才拉的曲子，有一支是献给你的。"

"我晓得，是《风中的树叶》。"斯小姐说，"这是意大利手风琴大师帕萨里尼的名曲，又叫《怀念华尔兹》。"

"啊，你也喜欢帕萨里尼？"赵明达惊喜无比，仿佛找到了知音，"你还听过他哪些曲子？"

"《罗萨舍酒庄》。"斯小姐说，"我家里有一些黑胶唱片，都是我妈妈留给我的。赵老师，如果你有兴趣，哪天我请你去我家听唱片。"

"安琪，在合唱团你可以叫我'赵老师'，就我们两个的时候，我希望你叫我'明达'。"

在这个春风沉醉的夜晚，年近四十岁的斯小姐开始了她的初恋。待字闺中，人到中年，她坚持不找，她要等，等她的意中人悄然来到她的身边。她终于等来了，等来一个让她怦然心动的男人，他有迷人的外表，更有一个有趣的灵魂。他们漫步在成都的街道上，说的全是心有灵犀的灵魂对话，从文化宫所在的总府街说到西玉龙街，从西玉龙街说到九思巷。到了8号公馆，斯小姐和赵明达已经心心相印，难舍难分了。

5

星期天早晨,斯小姐去菜市场买肉买抄手皮,在菜市场遇见了梁姆姆。梁姆姆问斯小姐,今天是星期天,你咋个起得这么早哦?斯小姐说,今天有客人来,要用鸡汤抄手招待客人,怕肉和抄手皮卖完了,所以就起了一个早。斯小姐不会做菜,她的奶妈黄姆姆就教会了她用鸡汤煮面煮抄手。

"客人?是不是你的男朋友哟?"梁姆姆挽着斯小姐的手,一起走在回家的路上。斯小姐没有直接回答梁姆姆,只是娇羞地抿嘴一笑,梁姆姆心中便明白了七八分。她又问斯小姐:"你们两个咋个认识的喃?"

"在合唱团认识的。"斯小姐说,"他叫赵明达,是合唱团的手风琴伴奏兼指挥。"

"嚯哟,好懂音乐哦,你们两个肯定有共同语言。"斯小姐在8号公馆住了那么久,梁姆姆深知她不仅爱音乐，还是"颜值控"，所以又问赵明达的长相，"他长得巴适不巴适？"

斯小姐又抿嘴一笑："等会儿他来了，你自己看嘛。"

菜市场到8号公馆要经过东城根街、羊市街和长长的九思巷，梁姆姆可以把赵明达问个仔仔细细："赵明达家住哪里？他家里面还有啥子人喃？"

斯小姐摇摇头："不晓得。"

梁姆姆又问道："赵明达问过你的家庭情况没有喃？"

斯小姐摇摇头："没有。"

"你们两个是神仙嗦？啥子都没有弄清楚，就开始谈恋爱？"梁姆姆问赵明达的年龄，"他好多岁了喃？"

斯小姐说："比我小三岁。"

梁姆姆心里"咯噔"一下，"哦"了一声："也要得，女大三，抱金砖。不过，就算他小你三岁，也早过了结婚的年龄，你有没有问他，他为啥子一直单身喃？"

斯小姐又摇头："不晓得，我没有问过。"

斯小姐是不会问这些的，她以为赵明达和她一样，也不找，也在等，等一个情投意合的知心爱人，这个人就是她，赵明达终于把她等来了。

斯小姐在心里是这样定义她和赵明达的：一个是等待被唤醒的白雪公主，一个是唤醒白雪公主的白马王子。

梁姆姆下定决心，等见了赵明达，她要打破砂锅问到底，把他的祖宗十八代都问出来。

回到8号公馆，斯小姐刚把三分肥、七分瘦的二刀肉剁成肉馅，赵明达就背着手风琴来了。斯小姐把他带到灶房见过梁姆姆，两个人就坐在小板凳上，在灶房外面的走廊上包起抄手来。赵明达不太会包，斯小姐在他身后，两条胳膊环着他的脖子，手把手地教他。梁姆姆一看，斯小姐那么矜持那么清高的人，居然有如此亲热的举动，看来她已经一头栽了进去。梁姆姆本来想以家长的身份盘问赵明达的心也没有了，她还是不甘心，上楼去找小满，想让小满去给斯小姐把把关。

梁姆姆上楼来到小满的屋里,小满刚奶完浪娃儿,梁姆姆对她说:"斯小姐的男朋友来咯,长得好巴适哟,起码有一米八。"

"长得巴适有啥子用嘛,关键还是要人好。"小满说,"你看我们白日梦,虽然人长得歪瓜裂枣对不起观众,但是人好噻。"

"我也是这个意思,"梁姆姆说,"你下去看看嘛,我们一起帮斯小姐把把关。"

小满抱起浪娃儿,和梁姆姆刚走到楼梯口,就见斯小姐带着赵明达上楼来,斯小姐给赵明达介绍了小满,然后和赵明达到她房间听唱片去了。

小满抱着浪娃儿到后花园晒太阳,梁姆姆一边逗浪娃儿一边问小满:"你觉得斯小姐的男朋友咋样嘛?"

梁姆姆相信小满看男人的眼光,她和白日梦结婚之前,那么多有才有貌有钱有地位的男人追求她,她一个都看不上,偏偏看上了其貌不扬、没钱没地位的白日梦,白日梦也把她当作手心里的宝,婚后的日子过得有滋有味,现在又生了一个人见人爱的浪娃儿,那小日子过得比白日梦做的梦还美。

"长得是巴巴适适的,就是觉得哪儿不对头。"小满说,"斯小姐向他介绍我的时候,他的眼神躲躲闪闪的。按理说,他是受过教育的人,他的眼睛应该看着我才是有教养的表现……"

梁姆姆也发现,赵明达和她说话时,眼睛也不看她,眼神躲躲闪闪的,就说:"他戴个眼镜,是不是镜片在反光……"

小满说:"我们白日梦也戴眼镜,镜片也反光,你看他和人家说话,眼睛总是看着人家的眼睛,这才叫真诚,这才叫有教养。"

中午,斯小姐到灶房来煮了抄手端上楼去和赵明达一起吃,吃完抄手,赵明达背着手风琴,跟着斯小姐来到八角亭,不一会儿,从八角亭便飞出了世界名曲《鸽子》。这是我第一次听赵明达拉手风琴,虽然我还没有见过他,但我必须承认,因为他的琴声,我已经被他迷住了。

正在看书的母亲,听见八角亭里的琴声,她来到阳台上，她的心儿已随着鸽子飞出了成都，飞在通往藏区的318国道上，在雪山上的一个兵站的上空盘旋……赵明达拉的《鸽子》，深深地感动了母亲那颗日夜思念父亲的心，她泪流满面，对这个未曾蒙面的赵明达，也产生了莫名的好感。

以后，几乎每个星期天，赵明达都会来8号公馆，来了就直接上楼。斯小姐照例用鸡汤抄手招待他，一大早就去菜市场买肉买抄手皮，有时她还没有回来赵明达就来了，他晓得斯小姐把钥匙放在房门外面的花盆底下，自己开了门进去，打开唱机听黑胶唱片。斯小姐回来了，赵明达也不下楼去灶房帮斯小姐剁肉包抄手。公用灶房是8号公馆的人聚集的地方，赵明达似乎怕和8号公馆的人打照面。

赵明达来过8号公馆好多次，我都没有见着他，他那激荡人心的琴声先入为主，我和我母亲对他有了诸多的想象。在我的想象中，他是一个有艺术家气质的、充满魅力的男人，我渴望一睹他的真容来印证我对他的想象。

机会终于来了。那天上午，我听见有男人的脚步声经过我家门口，在斯小姐的房门前停住了，可以肯定是赵明达来了。我装作出门的样子，正在开锁的赵明达手中的钥匙掉在了地上。赵明达惊慌失措，竟忘了去捡地上的钥匙。我赶紧过去帮他捡起钥匙，向他问好："你好！8号公馆的人都叫我梁小猫。我听过你拉的手风琴，你的手风琴拉得真好，我妈妈也喜欢听。"

我一口气说了这么多话，赵明达只是朝我点点头，都没看我一眼，开了锁进了斯小姐的房间。

我回到家里，对正在写教案的母亲说："我刚才见到赵明达了。"

母亲喜欢斯小姐，她和斯小姐惺惺相惜，她对斯小姐的婚姻大事尤其关心。她放下手中的笔："快说快说，你觉得咋样？"

"和我想象中的不一样。"我说，"他的外表虽然像艺术家，但是没有艺术家真诚热情的气质，冷冰冰的，一副拒人千里之外的样子。我现在有点搞不懂了，斯小姐为啥子会喜欢他?"

"被他的琴声迷住了,我们都被他的琴声迷住了。"母亲说,"也许他在斯小姐面前,表现出来的是斯小姐喜欢的样子。"

"那不是两面派吗?这种人好可怕哟!"

母亲叹了一口气:"路遥知马力,日久见人心,就看斯小姐的造化了。"

6

斯小姐和赵明达相处了一段时间,赵明达眼镜后面的眼睛并不是她喜欢的那种不大不小深邃的眼睛,而是双眼皮大眼睛,正是她的奶奶黄姆姆说的那种"桃花眼"。现在,斯小姐完全被赵明达迷住了,"桃花眼"也就无所谓了。再说赵明达有一个性感的下巴,这样的男人对斯小姐是有吸引力的,就如当年我舅舅对斯小姐的吸引力,我舅舅也有一个性感的下巴。

赵明达把斯小姐母亲留给她的黑胶唱片都听完了,斯小姐断断续续地也给他讲了自己的身世。赵明达随便问了一句:"当年你父母离开时,不会只给你留下这些唱片吧?"

"还给我留下一对翡翠玉镯,当时我还小,我母亲把这对玉镯交给我的奶妈,说这对帝王绿的翡翠玉镯很值钱,可以保我一辈子过得舒舒服服,安安逸逸。"

赵明达问道:"现在这对玉镯呢?"

"奶妈前几年告老还乡,她把这对玉镯交给了我,车轱辘话说了又说,说千万不能给别人说起这对玉镯,更不能把这对玉镯拿给别人看。"

赵明达漫不经心地问道:"你为啥子要给我说嘛?"

斯小姐脉脉含情地看着赵明达的下巴:"我没有把你当外人。"

赵明达还是漫不经心地说:"能不能给我看看,让我也长长见识?"

斯小姐走到梳妆台前,只听"咔嗒"一声,镜子下面的小抽屉弹了出来,斯小姐从里面取出一个天青色的长方形锦盒来,双手捧给赵明达:"你自己看嘛。"

赵明达打开锦盒,黑色的丝绒上躺着两个一模一样的翡翠玉镯,赵明达不懂翡翠,他只说了一句"好绿哟,绿得就像假的一样",便关上锦盒还给斯小姐,说:"你千万不要拿给别人看哈!"

"我只给你看,就要和我结婚的人,有啥子看不得嘛!"

斯小姐的脸红了,赵明达的脸却白了。他从来没有想过要和斯小姐结婚,他只想和斯小姐做灵魂伴侣。赵明达心慌意乱,匆匆和斯小姐告别,逃也似的离开了8号公馆。

赵明达不再到8号公馆来,他怕两个人共处一室,斯小姐再提起结婚的事情,便把斯小姐约到人民公园。去人民公园经济实惠,进去不用买门票,在鹤鸣茶社喝盖碗茶,一毛钱一碗的茉莉花茶,可以喝一天,把茶汤喝成白开水,把茉莉花最后一缕香味儿都喝进肚子里。赵明达最喜欢这里喝茶的氛围，男男女女坐在竹椅上，每一桌与每一桌距离那么近，龙门阵却是各摆各的，互不干扰。喝到下午四五点钟，太阳晒不到这边来了，人工湖上划船的人也纷纷上了岸，赵明达牵着斯小姐的手走进公园深处的树林里。刚才在喝茶时，斯小姐对赵明达说只听过他的琴声，还没听过他的歌声呢！赵明达就在斯小姐的耳边说："等傍晚我们去树林里，我唱给你听。"

赵明达献给斯小姐的歌是《白桦林》，他一边拉琴一边唱，他的声音竟然是非常难得的男低音。

这是斯小姐所熟悉的最为凄美的爱情歌曲，用如诉如泣的旋律讲述了苏联二战时期一个凄美的爱情故事：一位姑娘在白桦林下默默地望着自己的爱人随着军队远去，她在白桦树上刻上她和爱人的名字，满怀期待地等待爱人胜利归来。然而战争胜利了，她的爱人却没有回来。恋爱脑少女心的斯小姐，以为赵明达唱这首歌给她听，是借这首歌来表达他对她的深情。

斯小姐和小满一样，也是九思巷的著名人物，小满以美貌著称，斯小姐则以气质取胜，加上斯小姐的个人隐私，比如出身名门，比如她年近四十还单身，人们更容易在她身上演绎出许多故事来。几乎每个星期天的下午，蒋二爷都要去人民公园的鹤鸣茶社喝茶，这天他来得早，和他摆龙门阵的茶友还没到，他泡了一碗茉莉花茶，端起茶托，用茶盖推开浮在滚烫水面上的茉莉花，放在鼻子底下闻茉莉花的香气——这才是茉莉花茶的正确喝法，那些端起来就喝的人，烫了嘴巴不说，还糟蹋了茉莉花。

闻名鹤鸣茶社的"驼背耳朵"走过来，他因为驼背，掏耳朵的技术无人能及，人称"驼背耳朵"。蒋二爷是他的熟客，他见蒋二爷闭了眼睛，偏了头，将一只耳朵摆在明处，没有只言片语，"驼背耳朵"捏起蒋二爷的耳朵就掏，酥麻的感觉如电流般通遍蒋二爷的全身，好安逸好巴适哦！掏完一只耳朵，蒋二爷转了头把另一只耳朵拿给"驼背耳朵"掏，就在他转头睁眼的那一刹那，他看见斯小姐和一个男人坐在一个隐蔽的角落里有说有笑，斯小姐像个涉世未深的小迷妹，满眼里都是对那个男人的痴迷和崇拜，和蒋二爷平时在九思巷见到的斯小姐判若两人。是什么样的男人能把骄傲得像公主的斯小姐迷得神魂颠倒？蒋二爷睁大眼，他自恃有透过皮看到骨的识人术，有透过形看到魂的读心术，他要看看这个男人是不是值得斯小姐对他一往情深。

"蒋二爷，你把眼睛闭起嘛。"

"你掏你的，不要管我。"

"驼背耳朵"可怜兮兮地："你把眼睛睁那么大好吓人哦，我都不敢下手。"

蒋二爷不耐烦地对"驼背耳朵"说："你就做做样子嘛，只要你闭嘴不说话，我给你三只耳朵的钱。"

新中国成立前，袍哥蒋二爷常帮共产党的地下组织打探情报，而当时的少城公园，就是现在的人民公园，鹤鸣茶社正是鱼龙混杂的地方，有价值的情报全靠智取。蒋二爷今天用的这一招，借掏耳朵死盯目标，用他过人的识人术和读心术来判断目标，便是他当年用剩下的。

蒋二爷从人民公园回到家里，我和小哥正好都在蒋公馆。蒋二爷把我们叫到他的房间，问道："斯小姐是不是有男朋友了？"

"有了，"小哥抢答道，"她的男朋友叫赵明达，是个拉手风琴的。"

这就对上了，蒋二爷在鹤鸣茶社看见的那个男人，他坐的椅子旁边就放着手风琴。蒋二爷又问我："梁小猫，你见过那个人没有？"

我说见过。又说喜欢他拉的手风琴，不喜欢他这个人。蒋二爷显然对我说的话极其重视，他向前倾着身子，问道："为啥子不喜欢？你说来给我听。"

蒋二爷人生经验丰富，他精通人性，在成人与孩子之间，他更相信孩子，他相信孩子才是离真相最近的人。他直勾勾地看着我，等着我的回答。

"我只见过他一次，和我的想象不一样，我觉得他鬼鬼祟祟的。"

蒋二爷点点头，我的话更加印证了他今天的判断：

"斯小姐已经陷入了一场阴谋,她孤身一人,我们都要帮她多长一个心眼儿。"

蒋义和小哥马上就要初中毕业了,身高都超过了一米七,自以为已是堂堂男子汉,他们向蒋二爷保证:"爷爷,我们一定把斯老师保护好!"

7

斯小姐深陷情网,这张情网是赵明达用他的琴声和歌声编织的,斯小姐陷得越深,赵明达的恐惧也在与日俱增,他想逃离,逃离斯小姐对他的爱情,逃离让他提心吊胆的日子。就在这时候,他家所在的街道办事处转给他外婆一封香港来信,外婆明年就满九十岁了,老眼昏花,让他把信读给她听。这是一封寻亲信,他外婆的侄儿从香港寄来的。就像在黑暗中看见了希望的灯塔,赵明达萌生了要去香港找他表舅的念头。

除了手风琴，赵明达一无所有，怎么去得了香港？赵明达想起斯小姐给他看过的那对帝王绿的翡翠玉镯，他记忆深刻的是斯小姐的母亲对她奶奶说的那句话：这对帝王绿的翡翠玉镯很值钱，可以保斯小姐一辈子吃穿不愁。他不懂翡翠，不晓得他见过的这对帝王绿翡翠玉镯到底值好多钱。

赵明达通过拐弯抹角的关系，认识了经常在送仙桥一带出没的古玩老头儿，据说他以前是做古玩生意的，对翡翠玉石颇有研究，求他长眼的宝物，几乎没有他看走眼的。帮人估看宝物是古玩老头儿的人生乐趣，尽管赵明达手中没有实物，这也难不倒古玩老头儿，他问一句，赵明达答一句，他也能估个八九不离十。

古玩老头儿问："镯子绿不绿？"

赵明达答："绿得很，绿得像假的一样。"

古玩老头儿问："翡翠的绿有很多种，有阳绿、湖绿、祖母绿，还有帝王绿，你看到的是哪一种绿？"

赵明达答："像韭菜叶子那么绿，听说是帝王绿。"

"帝王绿？不得了！不得了！"古玩老头儿又问，"是啥子种？"

赵明达听不懂。古玩老头儿启发道："透亮起荧光的叫'冰种'，只亮不透的叫'糯冰种'。一般来说，'种'和'色'不可兼得，如果颜色很好，能达到糯冰种的品级，已经是上上品了。我估计你看到的帝王绿镯子是糯冰种的。"

赵明达相信古玩老头儿的判断。

古玩老头儿又问："镯子是圆口的还是扁口的？"

赵明达答："圆口的。"

古玩老头儿点点头："圆口的废料，这就值钱了。"

赵明达补了一句："两只都是圆口的。"

"你说啥子喃？"古玩老头儿两眼放光，"这样的高品货不是一只，是一对？你确定是两只？"

赵明达肯定地回答："我亲眼看见的，是两只，一模一样的。"

"啧啧啧，不得了！不得了！两只镯子来自一块石料，这么大一块玉石千载难逢！千载难逢啊！"古玩老头儿像喝醉一般地嚎叫,"一只是珍品,一对就是极品了。"

古玩老头儿越说越专业,赵明达关心的是这对极品玉镯到底能值多少钱。

"无价之宝啊!"古玩老头儿比赵明达还兴奋,"如果拿去拍卖,那可是天价啊……"

"你说得好玄哦!拿到哪儿去拍卖嘛?"

"拿到香港去噻!"古玩老头儿故作神秘,"我悄悄给你说,现在香港的翡翠市场火爆得很,这对极品玉镯要是能拿到香港去拍卖……"

下面的话,古玩老头儿不说了,赵明达已经心领神会,香港正是他想去的地方,关键是如何把这对极品玉镯搞到手。

赵明达照常与斯小姐来往,斯小姐在情网里越陷越深,她的心里想着他,她的眼里只有他,而赵明达的心里想的却是那对帝王绿的极品玉镯,眼里看着的斯小姐也幻化成那对帝王绿的极品玉镯。

夏天来了,赵明达借口在外约会怕热着斯小姐,他又开始来8号公馆了。来了就到斯小姐房里听黑胶唱片，有时也去八角亭拉手风琴，但都是下午三点以后才去，斯小姐说午饭后到三点之前是8号公馆最安静的时候，8号公馆的人在夏天都有午睡的习惯。赵明达记住了斯小姐说的这句话。

出事的前一个晚上，赵明达突然来到8号公馆，他来给斯小姐送电影票，是一部刚上映的罗马尼亚爱情音乐片《奇普里安·波隆贝斯库》。斯小姐经常和赵明达在人民公园附近的四川电影院看电影，赵明达买的这场电影却是远在东郊的一个电影院的。因为一直想看这部电影，斯小姐也没多问。她和赵明达约好明天在电影院见。

第二天午饭过后，8号公馆安静下来，梁医生中午只有一个小时的午休时间，他要回卧房打个盹儿；梁姆姆又神秘地消失了；梁家龙和双胞胎姐妹都在学校；小哥刚初中毕业，一天到晚和蒋义在一起，不是去后子门体育场踢球，就是到人民公园游泳，这会儿，小哥又去了蒋公馆；小满两口子在屋里哄浪娃儿睡觉；

我母亲在学校，午饭都没回来吃；我正要上楼睡午觉，和正下楼的斯小姐相遇，她说她去看电影，回来讲给我听。

我躺在床上，烦人的蝉叫声吵得我睡不着，我拿起枕边的一本小说读起来。才读了几页，我听见有脚步声从门前经过，不是斯小姐的脚步声，是一个男人的脚步声，然后听见轻轻关门的声音，那一定是赵明达，因为只有他晓得斯小姐家的钥匙放在哪里，只有他才能自由出入斯小姐的房间。我心里觉得奇怪：斯小姐看电影去了，为啥子他不和斯小姐一起去看电影？或者他不晓得斯小姐看电影去了，在家里等斯小姐？我以为他会像往常那样，一边等斯小姐一边听唱片，可是，我没有听见隔壁传来音乐声，却听见一阵用工具在捣鼓啥子的声音。

我翻身坐起，光着脚板走在地板上，贴着墙壁听了一会儿，捣鼓的声音更响了，我敢肯定，赵明达趁斯小姐不在，他在斯小姐的房里找东西。

我怕打草惊蛇，提着凉鞋光着脚板走出房间下了楼,走到8号公馆门口才坐在门槛上,穿上凉鞋跑到蒋公馆,大声叫道:"出事了!出事了!"

小哥和蒋义从房里跑出来,蒋二爷也从他房里出来了:"梁小猫,不要慌,慢慢说!"

听我讲完刚才发生的事情,小哥说:"他在找啥子喃?斯老师屋里头也没有啥子值钱的东西。"

"就是,"蒋义附和道,"我们小时候帮斯老师搬家,只有那台支着大喇叭的留声机看起来还值点钱,赵明达是不是看上那台留声机了?"

"你们两个假老练,不懂就不要乱讲!"蒋二爷朝蒋义和小哥吼道,"还不快去,不能让那个姓赵的偷走斯小姐的东西!"

小哥和蒋义拔腿就跑,直奔8号公馆。

8

小哥和蒋义跑到8号公馆,树上的蝉声此起彼伏,掩盖了所有的声音,更显得8号公馆如死一般寂静。小哥和蒋义分工合作:小哥上楼侦察动静,蒋义守住楼口。

小哥上楼了,蒋义叫我去灶房拿些绿豆来,我问他用绿豆干啥子。蒋义笑而不答,叫我快去。我拿了半盆绿豆来给蒋义,蒋义把绿豆都撒在了楼梯上。

这时,听见楼上有搏斗的声音传来,紧接着,赵明达朝楼梯跑来,小哥在后面紧追。赵明达冲下楼来,蒋义把我拉到他的身后,躲在一边。只见赵明达脚底打滑滚了下来,紧追在后的小哥也脚底打滑滚了下来,整个身体都压在了赵明达的身上。

赵明达一声惨叫,小哥从他身上站起来,赵明达的眼镜碎了,满脸是血。

"我的眼睛,眼……睛……"

赵明达痛苦万状,蒋义和小哥都吓傻了,我也吓得哭起来。

白日梦和小满从房里出来,白日梦刚下了两级楼梯,也脚底打滑滚了下来。他朝抱着浪娃儿的小满喊道:"危险!你不要下来!"

梁姆姆也从那间装满秘密的房间里出来了:"出了啥子事哟,闹得那么凶?"

梁姆姆见到满脸是血的赵明达,脚一软,幸好白日梦把她扶住了。别看白日梦平日里一副耙耳朵的样子,关键时刻却能临阵不乱,他说要把赵明达赶紧送医院,就怕他的眼睛保不住了。白日梦把赵明达扶上他的耙耳朵车,又对已经被吓傻的小哥和蒋义说:"流了那么多血,你们还是去派出所报个案。"

小哥和蒋义这才回过神来。小哥对蒋义说:"我去!你不要去!"

蒋义说:"是我撒的绿豆,祸是我惹的,我去!"

小哥抓住蒋义在他耳边说:"你赶紧去把绿豆扫干净,所有的事情我一个人扛,和你没有关系。"

小哥说完,推开蒋义,像电影里大义凛然的英雄走出了8号公馆。我哭着追上去拉住他:"小哥,你不要去!"

小哥把我的手拿开,说:"一人做事一人当,你不要怕,我把事情说清楚就回来。"

过了一会儿,小哥带着两个警察来到8号公馆,又带着他们去了斯小姐的房间。警察仔细检查了斯小姐的房间,发现梳妆台镜子下面的一个小抽屉周围的木头都被撬烂了,梳妆台上还放着一把水果刀。警察伸手拉了拉小抽屉,根本拉不开。警察分析道:"这个人是冲着小抽屉里面的东西来的,他不晓得打开小抽屉的机关在哪里,就用这把水果刀来撬,撬了很长的时间都没撬开。"

警察又检查了斯小姐房间的门锁,完好无损,问道:"他是咋个进来的?"

我说:"他是斯小姐的男朋友,他晓得斯小姐把钥匙放在花盆底下,他自己开门进来的。"

警察问我是斯小姐的啥子人。我说我就住在隔壁,是我听见斯小姐房间里有动静才去叫人的。

警察盯着我身旁的蒋义问道:"你是哪个嘛?"

"他是我的同学,他来约我去人民公园游泳。"小哥对蒋义说,"你看我们这儿都出事了,你赶快回去嘛。"

警察也向外赶着蒋义："回去！回去！不要在这儿看热闹！"

蒋义看着小哥，小哥却没看他一眼，只朝他甩甩手，意思叫他快走。小哥和两个警察留在斯小姐的房里，等斯小姐回来。

下午一点半的电影，斯小姐一点十五分就到了电影院。等到电影开映，赵明达还没来，斯小姐只有一边看电影一边等他。随着剧情的推进，斯小姐暂时把赵明达放在一边，完全沉迷在天才音乐家波隆贝斯库和纯情少女贝尔达童话般的爱情里。电影结束后，电影院里的灯都亮了，斯小姐旁边的座位还是空的，赵明达没有来。斯小姐并没有生赵明达的气，她处处为赵明达着想。斯小姐和赵明达交往有一段时间了，赵明达从来没有爽约过，今天一定是他遇到了急事来不及通知她，斯小姐甚至想到了赵明达会不会出了车祸。斯小姐一路想着赵明达遇到意外的各种可能性，唯独没有想到赵明达已在她自己家里出了事。

斯小姐一走进8号公馆就闻到一股血腥气。梁姆姆迎了上来:"哎呀,斯小姐,出事了!你快上楼,警察还在等你。"

斯小姐倒抽一口冷气,脚底下像踩着一堆棉花脚耙手软地上了楼,她看见楼梯上还有没擦干净的血迹。

脸色煞白的斯小姐出现在两个警察面前,两个警察站起来,其中一个高个儿警察问道:"你是哪个?"

斯小姐睁着两只惊恐的眼睛,嘴唇颤抖:"我叫斯安琪,是这间房子的主人。"

高个儿警察说:"你检查一下,看你房里丢啥子东西没有。"

斯小姐第一眼就去看梳妆台,看见被毁坏的小抽屉,她惊叫一声,跑过去拉小抽屉,拉不动,斯小姐一下子平静下来,对警察说:"啥子东西都没有丢。小偷抓到了?"

"他受伤了,正在医院抢救。"警察说,"小偷名叫赵明达,邻居说是你的男朋友,是不是?"

斯小姐两眼空洞，无力地回答："是。"

这时，又有一个警察跑来，在高个儿警察的耳边嘀咕了几句，高个儿警察的神情一下子严峻起来，他对小哥说："梁家雄，你在和赵明达的搏斗中，把赵明达的眼镜打碎了，镜片刺破了他左眼的眼球，可能会失明。现在，我们要把你带走。"

"不是这样的！"我不知哪来的勇气，挡在小哥的前面，"梁家雄没有和赵明达搏斗，他只是在后面追逃跑的赵明达，追到楼梯那里，赵明达自己摔倒了滚下楼梯。梁家雄也摔倒了，滚下楼梯压在赵明达的身上……"

高个儿警察问我："除了你，还有哪个看见了？"

小哥怕我说出蒋义，他对警察说："我跟你们走！"

"小哥，我不让你走！"

我死死地抓住小哥的手。

"放手，梁小猫！"小哥对我说，"你不要怕，蒋义会保护你。"

我放开手，眼睁睁地看着三个警察把小哥带走了。

9

过了两天，8号公馆来了一个三十几岁、满脸横肉的凶悍女人，站在小洋楼下，张牙舞爪地乱骂："斯安琪，你这个不要脸的烂女人，你勾引我的男人，把我男人的眼睛都害瞎了……"

梁姆姆赶紧从灶房里跑出来，对那女人吼道："你是哪个哦？跑到我们公馆里来撒泼？"

凶悍女人拍着她肉墩墩的胸脯子，唾沫横飞："老娘才是赵明达真资格的婆娘。"

听得出来，凶悍女人不是成都本地人，不晓得是哪个乡坝头的口音，吵得像电线杆上的高音喇叭，左邻右舍的人都跑到8号公馆来看热闹。在梁医生那里等候看病的人们也不看病了，都往8号公馆里跑。梁医生十分气恼，离开诊室回到8号公馆来看出了啥子事。

凶悍女人见围观的人越来越多，干脆一屁股坐在地上，一把鼻涕一把泪地哭诉起来："想当年，赵明达当知青下放到我们大队，我老汉儿是大队长，见他龟儿肩不能担、手不能提的×样子，啥子活路都干不动，就会拉个手风琴，偏偏我就看上了他，求我老汉儿让他当了村小的代课老师。前几年，公社给我们大队分配了一个上大学的名额，赵明达做梦都想去，我老汉儿也不是吃素的，说只要他和我结婚，就把名额给他。赵明达和我结完婚去上了大学，他说大学毕业有了工作就把我接到成都来，这都毕业一年多了，他的人影子我都没见到，原来是斯安琪这个烂女人把他的魂勾走了……斯安琪，你这个不要脸的烂女人，你给我出来……"

梁医生听不下去了，他对梁姆姆说："你快上楼看看斯小姐，叫她千万不要出来。"

梁姆姆蹑手蹑脚上了楼，来到斯小姐的房间，楼下的污言秽语，斯小姐躺在床上听得一清二楚，想瞒她都瞒不住了。梁姆姆坐在床边，不晓得咋个安慰斯小姐才好。

"梁姆姆，我是自作自受。我最对不起的是你和梁医生，是我连累了小弟，一想起小弟，我就……"

斯小姐哽咽着说不下去，梁姆姆也为小哥哭，但还不忘安慰斯小姐："我们梁医生都说了，小弟是见义勇为，我们相信政府会很快把小弟放出来。"

第二天，那个凶悍女人又来到8号公馆，她还带了一把竹椅来，跷起二郎腿，舒舒服服地坐在竹椅上，把天下最难听的话都用来骂斯小姐。我母亲下楼去和她讲道理，她几句脏话就把我母亲骂了回来。梁姆姆又到她跟前好言相劝，她反劝梁姆姆小心点，说："像斯安琪这样的狐狸精，老少通吃，说不定哪天把你儿子把你男人都勾引到她的床上去。"

梁姆姆气得半天说不出话来。如果说我之前是痛恨赵明达的，现在倒有些同情他：如此粗俗蛮横的女人，难怪他不爱，他只有像躲瘟神般地躲着她，遇到高贵文雅的斯小姐难免一见倾心，他们都热爱音乐，他们两个才是天生的一对。然而，性格懦弱的赵明达没有勇气摆脱他命中的母老虎，又不愿辜负斯小姐的一片真情，他只有逃避，逃避母老虎，逃避斯小姐，最终不得不铤而走险。

我就不相信没人收拾得了这只母老虎。我跑到蒋公馆搬救兵，蒋二爷和蒋家三兄弟都来了，看热闹的人都自动地退到一边。蒋二爷不言自威，他后面还站着三个血气方刚的小伙子，母老虎见来者不善，像她这种外表强悍内心卑微的人，其实就是欺软怕硬。她从竹椅上站起来，蒋信飞起一脚将竹椅踢散了架。蒋信的这一脚，彻底地灭了母老虎的威风，蒋二爷对她说一声"跟我走"，母老虎乖乖地跟着蒋二爷走出了8号公馆。

从此，母老虎没有再来过8号公馆，斯小姐却一病不起。她又气，又羞，又悔，又愧，还有锥心的痛，排山倒海般地摧垮了斯小姐，少女心恋爱脑的她，为飞蛾扑火似的爱情付出了惨烈的代价。

斯小姐日渐消瘦，梁姆姆炖了乌鸡人参汤给她补养身体，她一心扑在斯小姐的身上，不再为小哥的事情终日悲伤。小哥被警察带走，暂时还没有定论，要等医院给出赵明达的伤情证明才能判小哥对赵明达造成了多大的伤害。梁姆姆是这样理解的：如果赵明达的那只眼睛瞎了，小哥可能会判刑；如果赵明达的那只眼睛没有瞎，小哥就会被放回来。梁家客堂有一个用屏风遮挡起来的角落，里面供着一尊佛像，梁姆姆每天都去烧香拜佛，求菩萨保佑赵明达的眼睛不瞎。

自从小哥被带走后，梁家的双胞胎姐妹小双也回来了。她刚从幼儿师范学校毕业，被分配到一个机关幼儿园当老师，现在幼儿园还在放暑假，她正好搬回来。只是她还是不愿和大双同住一个房间，她就住在斯小姐的房里，正好日夜照顾斯小姐。梁姆姆有一种不敢说出来的担忧，她给斯小姐炖了那么多乌鸡人参汤，梁医生每天都给她诊脉，也喝了不少调理身体的汤药，斯小姐的身体总不见好，反而瘦得只剩下一把骨头。梁姆姆对小双说："身体好养，奈何她有但求速死的念头……"

斯小姐在和赵明达谈恋爱之前，小双每周末回来住一夜，她都住在斯小姐房里。虽然斯小姐大她将近二十岁，但斯小姐的心理年龄也就和小双一般大，她们成了一对无话不谈的闺蜜。斯小姐和赵明达谈恋爱了，斯小姐的世界仿佛只有赵明达，小双和她开玩笑，说她"重色轻友"，便识趣地不再住在斯小姐的房里，也不回8号公馆，她正在跟学校的钢琴老师学弹钢琴，周末的琴房空着，她正好在琴房里消磨周末的时光。说来也奇怪，她从来没有见过好闺蜜的男朋友赵明达，她也想听赵明达拉琴唱歌，斯小姐也想让赵明达见见她这个和她一样热爱音乐的闺蜜，她相信赵明达和小双都会有相见恨晚的感觉，可赵明达总是以各种借口一拖再拖，一直拖到出事，小双最终也没见着赵明达。

梁姆姆说斯小姐有"但求速死"的念头，小双并不认为是危言耸听，只有她能理解"爱情至上"的斯小姐所受到的情伤有多么严重。斯小姐就这样躺在床上，无疑是在等死。小双去求助她的大哥梁家龙，他现在是川医的研究生,她想听听他的建议。梁家龙说他去找川医的专家给斯小姐做一个全面检查,只有找出病因,才能对症下药。

10

专家给斯小姐检查的结果是乳腺癌。斯小姐已到了乳腺癌的中晚期。乳腺癌的早期症状并不明显,最近发生了那么多事情,斯小姐的精神受到沉重打击,病情急剧恶化。专家给出了治疗方案:一是化疗,化疗过程十分痛苦,还会掉头发;二是做切除双乳的手术,可以多活十几二十年,甚至更长的时间。

患了癌症,家人一般不会告诉病人真相,怕把病人吓死。斯小姐没有家人,自从她搬进8号公馆,她就把8号公馆的人都当成了她的家人。要不要将斯小姐患了癌症的真相告诉斯小姐,8号公馆的人还专门在梁家的客堂开了一个秘密会议。

"不能给斯小姐说哈!"梁姆姆想起去年过世的5号公馆的胡姆姆,"本来活得好好的,就是觉得胃有点痛,结果跑到医院一查,查出来是胃癌。胡姆姆晓得自己得了癌症,吓得吃不下饭,睡不着觉,哦豁,才不过几天,自己就把自己吓死了。"

我母亲说:"身体是斯小姐自己的,必须斯小姐自己拿主意。"

梁家龙说:"要么做化疗,要么做切除手术,斯小姐要尽快做决定。"

梁医生问梁家龙:"你的意见喃?"

梁家龙说:"我主张做切除手术,能有效控制癌细胞扩散,至少可以多活十年。"

小满说:"女人最美的地方都没有了,活起还有啥子意思嘛。"

"你说些啥子哟!"白日梦说,"活起肯定比死了好噻,能多活一天是一天。"

小双问她大哥:"如果是化疗喃?"

梁家龙说:"不敢保证癌细胞不扩散,化疗的过程也很痛苦，头发一把一把地掉。"

小满又说："斯小姐最爱惜的就是她的头发，又黑又长又亮，还是自然卷，平时她梳头发掉一根都要心疼半天……"

白日梦问小满："是命重要还是头发重要？"

"你们不要争了，"梁医生向小满和白日梦摆摆手，"说一千道一万，最终还得斯小姐自己给自己拿主意。"

"这种事情，哪个去和斯小姐说嘛？"梁姆姆愁眉苦脸，"本来应该我去说，我就怕我说着说着就哭起来，反而把斯小姐的心哭乱了……"

最后，大家一致推举小双去和斯小姐说。她俩亲如姐妹，无话不说，只有小双能听到斯小姐最真实的想法。

当斯小姐晓得她患了乳腺癌，并没有像梁姆姆想象的那样崩溃。她从床上坐起来，平静地对小双说："你明天陪我去一趟医院，我想听听医生的说法。"

第二天从医院回来，斯小姐就像换了一个人，完全不像一个病人，她笑吟吟地和梁姆姆打招呼，又逗

浪娃儿玩儿,让浪娃儿骑在她的腿上给他唱童谣:

  胖娃儿胖嘟嘟

  骑马上成都

  成都又好耍

  胖娃儿骑白马

  白马跳得高

  …………

斯小姐好久都没有笑得这么开心了,浪娃儿笑得清口水都流在斯小姐的裤子上。小满一边擦着斯小姐的裤子,一边说:"斯小姐,你那么喜欢浪娃儿,你就给浪娃儿当干妈嘛!"

"真的?浪娃儿,叫干妈!叫干妈!"斯小姐把浪娃儿举起来转圈圈,"今天是我的好日子,我要干干净净、漂漂亮亮地做浪娃儿的干妈。"

斯小姐把浪娃儿还给小满,然后对梁姆姆说,帮她烧一锅热水,她要洗头。等斯小姐上了楼,梁姆姆悄声对小满说:"病来如山倒,病去如抽丝,斯小姐咋个好得那么快嘛?"

小满怀着一线希望,问小双:"是不是医院诊断错了哟?"

小双把小满和梁姆姆拉到一边,说:"是她自己做了决定:不做手术,也不做化疗,活一天算一天。"

梁姆姆抱怨小双:"你咋不好好劝劝她?"

小双说:"劝她还不如尊重她的意愿。"

小满也说:"斯小姐是拿得起放得下想得开,经过那件事情,她也活通透了,劝也没有用。我们能做的就是遂她的愿,成全她过好每一天。"

梁姆姆去灶房烧热水,小满说她家里有皂角,用皂角水洗头不掉头发。等梁姆姆烧好了一大锅热水,小满也熬好了皂角水,斯小姐披着头发从楼上下来了。梁姆姆搬来一把竹躺椅,让斯小姐躺上去,把头悬在背靠外面,长发便像黑色的丝绸悬挂下来。梁姆姆把热水装在浇花的洒水壶里,从斯小姐的头上淋下来,小满用皂角水轻轻搓揉着光滑又富有弹性的发丝,对斯小姐说:"一根头发都没有掉。"

斯小姐说:"我以后就用皂角水洗头。"

"你闭上眼睛,好好地享受一会儿。"

斯小姐听话地闭上眼睛,任由小满摆弄。原来小满要给斯小姐按摩头皮,她灵巧的手指插进丰厚的头发里,轻轻地揉,重重地按,好舒服好安逸哟,全身绷得紧紧的斯小姐放松下来,在皂角水淡淡的香味中睡着了。

"睡得好香哟!"梁姆姆的眼圈又红了,"这么好看的美人儿,咋个就得了绝症喃?常言道红颜薄命……"

小满也是美人儿,也是红颜,幸好梁姆姆反应得快,改口道:"小满,还是你的命好,嫁给白日梦,嫁得好;生了浪娃儿,生得好。当初那么多人说你和白日梦不般配,还说一朵鲜花插在了牛粪上……"

"牛粪好有营养嘛,把我这朵鲜花养得美美的。梁姆姆,我们以后在斯小姐面前,不要把她当病人,她想吃啥子,我们就做啥子给她吃;她想耍啥子,我们就陪她耍啥子……"

11

自从斯小姐做了浪娃儿的干妈，如获新生，脸上焕发出母性的光辉。除了晚上睡觉，她不再一个人独处，不是和小双出去逛街看电影，就是逗浪娃儿耍，或者和梁姆姆和小满摆龙门阵，只是对赵明达，对她的乳腺癌，只字不提，似乎那些糟心的事情根本不曾发生过。

斯小姐从斯公馆搬出来的不仅有黑胶唱片，还有一些旧的电影画报。那天，斯小姐坐在灶房外面的走廊上看一本电影画报，翻到《魂断蓝桥》的剧照，叫小双和小满一起来看，她指着女主角说："这是我最喜欢的演员费雯丽。"

"嚯哟，好漂亮哟！"小满赞叹不已，"你看人家的头发，吹的是大波浪；你看人家穿的连衣裙，胸那么高，腰那么细，把身材显得好好哟！"

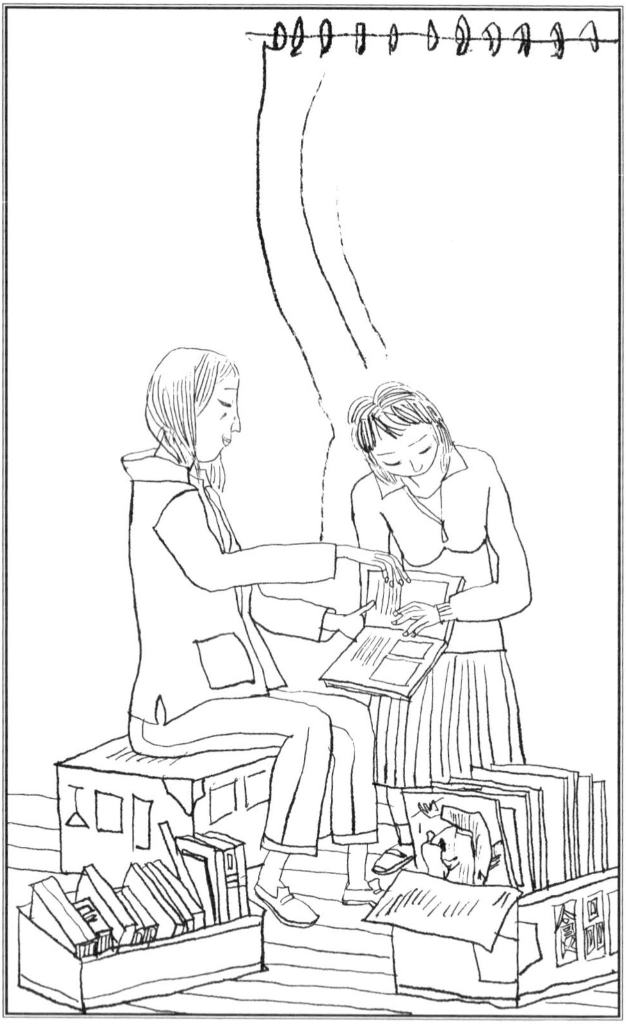

小双对斯小姐说:"你的头发这么好,也可以做成费雯丽的发型;你的身材也好,也可以穿费雯丽身上穿的连衣裙。"

"真的真的,完全可以。"小满说起风就是雨,"我认识美琪美发店的一个老师傅,他的大波浪烫得特别好;连衣裙也有人给你做,这个人远在天边,近在眼前。"

小满说的这个人是梁姆姆。梁姆姆嫁给梁医生之前,在家婆那里学裁缝,眼看着就要满师了,家婆的女儿、梁医生的前妻雨荷成了植物人,梁姆姆当时还是黄花大姑娘,芳名素洁,她是救梁医生于危难之中来到梁家的。从此很少有人晓得她曾经学过裁缝,就是梁医生本人也几乎忘了梁姆姆之前是学裁缝的,他以为梁姆姆生来就是给他当"田螺姑娘"的。

小满叫来正在灶房给斯小姐做鸡豆花儿的梁姆姆,鸡豆花儿是梁姆姆的拿手菜,也是一道功夫菜,费时费力,她从上午做到下午。小满指着画报上费雯丽身上穿的连衣裙问梁姆姆:"这样子的连衣裙,你做得出来嘞?"

"嚯哟,好高级哦!"梁姆姆说,"我起码有十几二十年没有做过这么高级的衣服了,手都生了,不晓得还做得出来不。"

小双撒娇道:"妈,你给斯老师做,肯定做得出来。"

梁姆姆仔细研究了费雯丽身上穿的那件连衣裙,说:"我箱子里头还存着一块好料子,是有一年我过生日,你们家婆送的。这块料子是湖绿色的,正好配斯小姐的白皮肤。"

"不不不!"斯小姐连连摆手,"我给你们带来的麻烦够多了,咋个好意思……"

"一家人不说两家话,有啥子不好意思嘛?"

"就是嘛,你千万不要不好意思,"小满接着梁姆姆的话说,"以后,梁姆姆负责给你做衣服,你想吃啥子就给我说。"

斯小姐想吃小满做的红烧肥肠。那时候,小满经常给甄画家做红烧肥肠,整个8号公馆都是肥肠味儿,用斯小姐的话说是一股厕所味儿。这些日子,她经常想她这一辈子，还有啥子东西没有吃过，便想起了小满做的红烧肥肠，想起在锅里翻滚的红油中卷曲的肥肠和雪白的独独蒜，想起小哥和蒋义说闻起来臭吃起来香的那两副馋相。前几天，她还对小双说，她一辈子都没有吃过肥肠会不会是人生的一大遗憾？真想尝尝肥肠那种"妙不可言"的味道，到底是啥子味道。

"我晓得斯老师想吃啥子，"小双对小满说，"她想吃你做的红烧肥肠。她说长这么大，还从来没有吃过肥肠。"

红烧肥肠是小满和甄画家的共同爱好，能吃到一块儿就能说到一块儿。甄画家是小满的初恋，为了给他做红烧肥肠，小满经常天不亮就去排队买肥肠，8号公馆的人至今都还记得小满在井边一遍又一遍冲洗肥肠的情景。和甄画家分手后，小满好多年都不吃肥肠了，就怕勾起对初恋的回忆——小满是分手就要分得彻彻底底的人。听小双说斯小姐想吃肥肠，小满没有丝毫犹豫，马上说明天一早就去排队买肥肠。

三天后，斯小姐的连衣裙做好了，那是梁姆姆连夜赶出来的，她诚惶诚恐，不晓得生疏多年的手艺是否还捡得回来。她叫上小满，一起来看斯小姐试穿的效果。小满前看后看左看右看，说："长短合适，肩宽也合适，就是腰身肥了一点点，没有把斯小姐标准的三围、黄金比例的好身材显现出来。"

小满用四根别针，在斯小姐的腰身那里，捏出多余的地方，前后各别了两根别针，高高的胸、细细的腰、翘翘的臀、长长的腿，优美的线条立刻在斯小姐的身上凸显出来。

"好改！好改！就把腰身收紧一些。"梁姆姆对小满说，"怪不得你穿衣服好看，每件衣服都收了腰身的。"

斯小姐穿了梁姆姆改好的衣服，小满比照着电影画报上的费雯丽，说："现在的问题是头发，只有大波浪的发型配这样的连衣裙，才有费雯丽的味道。"

小满马上就要带斯小姐去美琪美发厅去烫大波浪，小双也跟了去。现在小双已经从幼儿师范学校毕业了，不好意思再用学校的琴房弹钢琴，加上斯小姐现在离不开她的照顾，她甚至打算向还没去上班的幼儿园请假一段时间,专门照顾斯小姐。

烫了大波浪的斯小姐走在街上,路人都向她行注目礼,小满说:"晃眼一看,简直就是费雯丽。"

斯小姐只是喜欢费雯丽,并不想成为费雯丽。她说:"人家费雯丽是外国人,我是中国人;人家费雯丽是绿眼睛,我是黑眼睛……"

"你和费雯丽一样有气质,"小双说,"你是东方的神韵,费雯丽是西方的神韵。"

三个人一路说一路走,在草市街的川港影楼停下了脚步。川港影楼以拍婚纱照著称,橱窗里都是穿着各式婚纱的新娘的照片。斯小姐对小双说:"你结婚时,一定要来拍一组婚纱照。"

斯小姐又对小满说:"你要穿上婚纱,不晓得美成啥子样子,一定是全世界最美丽的新娘。你和白日梦应该来补一张婚纱照。"

斯小姐和小满说着话,小双进了影楼,不一会儿又从影楼出来了,她对斯小姐说:"我刚才进去问过了,也可以拍生活照。你今天这么美,不拍真是可惜了。"

小双和小满一边一个架着斯小姐进了影楼，摄影师是一个自带喜感的中年男人，见到斯小姐就像见到天外来客："啧啧啧，气质美女！像你这么养眼的气质美女不敢说百年不遇，至少是难得一见！"

斯小姐说："我不拍婚纱照。"

摄影师说："我给你拍一组风华绝代的艺术照。"

没有化妆，没有换服装，斯小姐站在一块背景板前，摄影师如同魔术师，各种灯光打在斯小姐的脸上，斯小姐美得如诗如画如仙。摄影师堪称语言大师，他跳来跳去，从不同角度去拍斯小姐，嘴里全是赞美的话，但不是低俗的吹捧，他是懂得欣赏美的，他说斯小姐的美是骨相美，是高级美，是源自自身修养的美。拍了多久，摄影师就说了多久，没有一句话是重复的。

从川港影楼出来，斯小姐的心情大好，路过一家肥肠粉店，她对小满和小双说："你们陪我吃肥肠粉嘛，我还从来没有吃过肥肠粉。"

自从吃了小满做的红烧肥肠，斯小姐竟对吃肥肠上了瘾，这么好吃的东西，她以前居然没有吃过。小满在排队买票，她问斯小姐加几个帽结子。斯小姐不晓得啥子叫"帽结子"，小满说："肥肠是猪的大肠，'帽结子'是猪的小肠，吃肥肠粉不加帽结子，等于回锅肉里面没有加青蒜苗，麻婆豆腐上不撒花椒面儿。"

斯小姐问小满："你吃几根帽结子？"

"我吃两根。"

斯小姐和小双都说，她们也吃两根。

她们在一张当街的桌子前坐下来，一人面前一大碗肥肠粉，红油里泡着白花花的帽结子，过路的人和店堂里的人都在看她们，眼睛里都是惊叹号："美女吃肥肠粉也加帽结子！"

斯小姐挑起碗中的一根帽结子来研究为啥子叫"帽结子"，邻座的一位大爷，一看就是典型的成都大爷，风趣热心有气场，还擅长和美女搭讪。他看出斯小姐对帽结子一无所知，侧过身来对斯小姐说："这是一段猪小肠拴了一个疙瘩，就像瓜儿帽顶上的帽结，所以叫帽结子。"

"好像哦！越看越像！"斯小姐又向成都大爷请教

道,"为啥子要给小肠拴疙瘩嘛?"

"你看这段拴帽结子的小肠胀鼓鼓的,里面装的都是精华,和猪大骨猪心肺一起要炖好几个钟头,把汤汁都吸收进去了,拴个疙瘩就是为了把汤汁都封锁在里面,所以吃帽结子很有讲究,不会吃是要烫嘴巴的。"热情的成都大爷竟教起斯小姐吃帽结子来,"你先一小口一小口地从中间把肠子咬断——哎,对了!看嘛,爆汁了!爆汁了!"

斯小姐在成都大爷的指导下咬开了帽结子,油亮的汤汁从咬开的断口处涌出来,斯小姐啜了一小口:"好鲜啊!"

小满和小双都夸成都大爷是吃帽结子的专家。成都大爷也不谦虚:"我是爱吃,也懂吃。我吃这家的帽结子已经吃了十几二十年了,每天都要来碗肥肠粉加三根帽结子,俗话说'久病成医生',我是'久吃成专家'。三位美女慢慢吃哈,我先走一步。"

成都大爷迈着心满意足的步伐走出肥肠粉店,老板娘追出去喊道:"王大爷,明天又来哈!"

斯小姐好羡慕王大爷，说："我要是能像这个王大爷一样，每天来吃一碗肥肠粉加两根帽结子，那样的日子该多美啊！"

小双说："你喜欢吃，我陪你天天来吃。"

斯小姐笑了笑，她心里明白，像今天这么美好的日子不多了。

12

斯小姐铁了心要活一天美一天爽一天，小双也铁了心要陪伴斯小姐到她生命的最后一刻，她向幼儿园请假，说要照顾病人。园长问病人和她是啥子关系，她说是朋友。园长又问她是男朋友还是女朋友，她说是女朋友。

"梁佑翼，是你朋友重要还是工作重要？"园长当初对小双的好感荡然无存，"你能不能下了班再去照顾你的朋友？"

"不能,"小双意志坚定,"我必须二十四小时都陪着她。"

园长的脸阴沉下来:"梁佑翼,我看你是油盐不进,这个工作是不是不想要了?"

"园长,对不起!"

小双恭恭敬敬地给园长鞠了一个躬,转身离开了园长办公室,她心里还惦记着去锦城艺术宫买演出票,是北京人艺来成都演的曹禺的话剧《雷雨》,斯小姐特别想看,可是一票难求。再难,小双也一定要让斯小姐看上这场演出。

票果然难买,小双求了一圈的人,最后不抱希望地问了一下小满:"你是从文艺界出来的,你认识的人里面,有没有人可以搞到北京人艺来成都演《雷雨》的票?"

"我离开曲艺团已经十几二十年了,只有去找我们的老团长,他也退休了,不晓得他有没有办法。"

小满把浪娃儿交给斯小姐,坐上耙耳朵车,让白日梦拉着她先去红旗商场买了一瓶五粮液和一瓶麦乳精，这才去了老团长的家。老团长以为是小满想看话剧演出，说："我以前咋不晓得你喜欢话剧嘛？我要早晓得，那时你的嗓子唱不了清音，我就应该把你推荐到话剧团去。凭你的长相，就是到了话剧团，演个配角还是可以的。"

"如果是我想看话剧，是绝不可能来劳烦你老人家的。"

小满三言两语，把斯小姐的情况讲给老团长听了，老团长点点头，说："小满，我相信凭我这张老脸，还是能搞到两张票的。"

第二天晚上，小双陪斯小姐在锦城艺术宫看了北京人艺演的《雷雨》，女主角繁漪穿旗袍特别好看。回到家后，斯小姐从樟木箱子里翻出一件墨绿色的丝绒旗袍，这是她妈妈穿过的旗袍，她一直珍藏在箱底。那些年，旗袍也属于"封资修"的东西，她从来都没有从箱子里面拿出来过。

斯小姐将旗袍抖开，好大一股樟脑丸的味道。小双十分好奇，她只是在电影里戏剧里见过旗袍，电影里戏剧里穿旗袍的都是既美丽又有故事的女人。小双抚摸着斯小姐妈妈穿过的旗袍,那丝滑的感觉如水一般在指间流过。小双对斯小姐:"我好想看你穿旗袍的样子。"

斯小姐穿上她妈妈的旗袍,哪儿都合适,就是腰身有点肥。斯小姐说:"这是我妈妈生了我以后才做的旗袍,没有生过娃娃的身材肯定比生过娃娃的身材苗条。"

小双问道:"你还记得你妈妈的样子吗?"

斯小姐又从樟木箱子里找出一个心形的紫红色的首饰盒,里面装着一条金项链,项坠是心形的,还可以打开,里面镶嵌着一帧小照片,已经有点发黄了。

"这就是我的妈妈。"斯小姐回忆道,"我记得她是瓜子脸,丹凤眼,口红的颜色很好看,她喜欢穿旗袍,我觉得她穿这件墨绿色的丝绒旗袍最好看,最高贵,墨绿色把她的皮肤衬托得像玉一样光亮洁白。我特别喜欢听她穿高跟鞋走路的声音,只要我听见她的脚步声,我就有安全感,就会觉得妈妈在我身边。我还记得，妈妈哄我睡觉，总是唱《花好月圆》……"

斯小姐轻声地哼起来：

浮云散　明月照人来
团圆美满　今朝醉
清浅池塘　鸳鸯戏水
红裳翠盖　并蒂莲开

斯小姐突然不唱了，她把金项链放在小双的手心里，说："你答应我，我走的那一天，我要戴着这条项链走。"

小双赶紧岔开这个伤心的话题，她问斯小姐："我们明天去买高跟鞋吧，我也想听你穿高跟鞋走路的声音。"

第二天，斯小姐穿了她妈妈的旗袍去找梁姆姆给她收腰身，梁姆姆对这件旗袍的做工赞不绝口，旗袍的点睛之笔是领口的盘扣。盘扣有几十种，常见的有一字直扣、蝴蝶扣、反琵琶扣、柳叶扣、凤凰扣……

"你妈妈这件旗袍的盘扣是八珠盘扣,少见得很,就是手艺高超的人也不见得做得出来。在成都,公认八珠盘扣做得最好的就是我们家婆。"

"梁姆姆,我妈妈的这件旗袍会不会就是家婆做的?"

梁姆姆又仔细看了旗袍的领口、袖口和前摆后摆的绲边,说:"只有家婆的手艺才绲得出这样的边来。可以肯定,这件旗袍是家婆做的。"

又是一种缘分。梁姆姆眼泪汪汪,她想起了家婆,想起了跟家婆学手艺的那些日子。

昨晚,小双听斯小姐说她小时候最喜欢听她妈妈穿着高跟鞋走路的声音,也为了配这件墨绿色的旗袍,小双一定要送斯小姐一双高跟鞋。

小双和斯小姐手挽手走出了九思巷,小双说去人民南路的百货大楼买,斯小姐却说先要去银行取钱。小双急忙说:"我有钱,我说要送给你的。"

"我要买最大的彩色电视机和最大的冰箱。"

斯小姐神采飞扬,似乎她未来的好日子天长地久。

她们去了银行，斯小姐把她存折上的钱都取了出来。这些钱都是她奶奶一点一点为她积攒下来的。成都刚解放那会儿，斯小姐还小，父母不知去向，奶奶便从斯公馆拿了一些值钱的瓷器字画悄悄地变卖了。在她离开斯小姐回乡下时，斯小姐要给她一些钱，她一分都不要，她说她老了，斯小姐还年轻，日子长着呢，用钱的时候多着呢。

到了百货大楼，她们先去买高跟鞋，小双一眼就看中了一双裸色的高跟鞋，请服务员拿一双 36 码的给斯小姐试穿，合脚得很，就像比着她的脚定做的一样。斯小姐也喜欢，她说裸色的高跟鞋配费雯丽的连衣裙、配她妈妈的旗袍都好看。

买好了鞋，她们往卖家电的二楼走，只见卖电视的地方挤满了人，他们都在看电视里播放的《西游记》，就像在电影院里看彩色电影一样。斯小姐挑了一台尺寸最大的、图像最清晰的、色彩最好的买下来，又去买了一台最大的冰箱，一看存折上的钱，只剩下不到一百块了。

"哦豁，钱不够了。"斯小姐对小双说，"我看你从幼师毕业后，没有钢琴弹了，我本来想买一台钢琴送给你……不过没关系，我会给你留下一样东西，拿去换十台钢琴也够……"

小双不让斯小姐说下去，她催斯小姐赶紧回去，等电视机电冰箱送货上门。她们刚回去不久，电视机和电冰箱都送来了，斯小姐让送货的人把电视机抬到小满的房间里，说是送给她的干儿子浪娃儿的；把电冰箱抬到灶房里头，8号公馆的人都可以用。

13

当晚风不再有茉莉花和夜来香的香气，这个美丽的夏天已经完美谢幕。

天气渐凉，斯小姐穿上梁姆姆为她改好的墨绿色丝绒旗袍，配上小双送给她的裸色高跟鞋，和小双小满一起去川港影楼取上次照的照片。还是上次给斯小姐拍照的摄影师，他姓张，客人都叫他张师。张师拿出一袋照片来让她们选一张出来放大了免费赠送，三个人选来选去，觉得每一张都好，取舍不下。张师从中挑出一张来，十分淡定地说："就这张，风华绝代。"

摄影师挑出的是一张斯小姐的侧面特写，45度的角度，线条优雅的下巴微微上扬，眼光也是微微向上的，看着远方，眼睛里有说不尽的故事。斯小姐在心里暗暗惊叹摄影师这么懂她，她眼睛看着的远方，是她即将去往的天堂。

斯小姐对张师说："我今天还想拍一组照片，穿着我妈妈的旗袍……"

张师说了声"我懂"，便去布置灯光。

斯小姐又对小满说："帮我把头发盘起来。我记得我妈妈穿这件旗袍，头发是盘起来的，盘了一个高高的发髻。"

小满帮斯小姐把头发盘起来，照她描述的那样，盘了一个高高的发髻，长长的颈，挺拔的背，柔美的线条把斯小姐的高贵和优雅勾勒得恰到好处。张师是

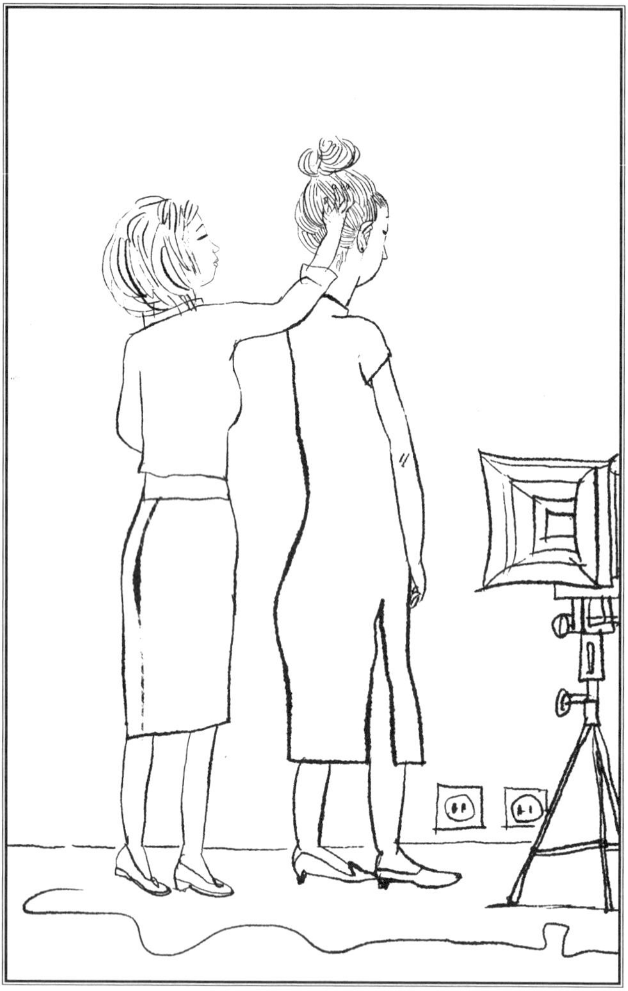

人像摄影的天才,不仅会选取角度拍出最美的效果,最天才的是他会从眼睛里捕捉到灵魂深处。今天这组照片,他从斯小姐的眼睛里捕捉到的是做不了母亲的终生遗憾,但他又拍出了斯小姐浑身散发出来的柔美的母性光辉。

从川港影楼出来,身穿旗袍、足蹬高跟鞋的斯小姐走在街上风姿绰约,惊艳了她走过的每一条街。她们三人又来到上次吃过的那家肥肠粉店,上次指导斯小姐吃帽结子的成都大爷果然天天都来这家店吃肥肠粉,他看着斯小姐,眼珠子都转不动了,说他活到今天这把年纪,还从来没有见过把旗袍穿得如此好看的女人,也从来没见过穿着旗袍来吃肥肠粉的女人。

还是像上次一样,斯小姐要了一碗肥肠粉加两个帽结子,可她只吃了一根便吃不下了。小满说她累了,在川港影楼折腾了那么长的时间,又穿着高跟鞋走了几条街。斯小姐自己心里明白,她的身体一天不如一天。

又到取照片的日子,取斯小姐穿旗袍的那组照片和影楼赠送的、那张被张师称为"风华绝代"的放大的照片，斯小姐已经没有力气亲自去了，是白日梦骑耙耳朵车拉小满去川港影楼取的照片。取到照片后，小满对白日梦说："这是斯小姐留在这个世界上最后的美丽时刻，你去找宋小江，请他把斯小姐的这些照片都做成电影胶片那样的，挂在斯小姐的房间里，就像演电影一样。"

"小满，你说些啥子哟，我咋听不懂喃？"

白日梦不晓得宋小江曾经把她的照片镶嵌在他用硬纸壳做成的"电影胶片"里，挂在他冲洗照片的暗房里。

"你就照着我说的话去跟宋小江说，他听得懂。"小满有点担心，"宋小江现在已经是著名的摄影家，肯定忙得很，不晓得他……"

"你为啥子不亲自找他喃？"白日梦说，"你要是去了，他就是再忙都会说不忙，放下手上的活儿来做你的事情。"

自从那次宋小江在"味之腴"请小满和白日梦吃

东坡肘子，小满就把该讲的话都讲了，从此她和宋小江没有再见过面。她和甄画家分手也是分得干净彻底，不矫情，不纠缠。依小满的性格，就是拿枪顶在她的后背上，她也不肯去见宋小江。

宋小江现在的名气大得吓人，因为中国的大熊猫在世界上名气大得吓人，他这个专心一意只拍野生大熊猫的摄影家，也算沾了大熊猫的光，他现在和大熊猫一样闻名世界。宋小江虽然成了世界名人，他的工作室还在原来的地方，白日梦说碰碰运气，看能不能在工作室找到他。

运气真好，宋小江果然在工作室里。他看见小满的第一个反应，倒吸了一口冷气，问一旁的白日梦："兄弟，出了啥子事？"

"是想求你办点事。"小满说，"你现在是世界名人，不晓得你给不给我这个面子？"

"小满，你说到哪儿去了？就是当着白日梦的面，我也敢说，只要不是杀人放火，为了你小满，我啥子事都可以去干。"

"不得那么严重哈，事情的来由是这个样子的。"

白日梦在宋小江的耳边嘀嘀咕咕，又把斯小姐的照片拿出来给宋小江看。小满打量着这个她曾经熟悉的冲洗照片的暗室，到处都是大熊猫的照片，但她还是发现了宋小江为她拍的那些照片，都镶嵌在他自制的"电影胶片"里，挂在隐秘的一角。小满惊喜道："看嘛，就是要把斯小姐的照片做成这个样子。"

白日梦看见了那些"电影胶片"，表情有些不自然。宋小江拍着他的肩膀调侃道："兄弟，你不要想多了哈，你眼里看到的是小满，在我们艺术家的眼里，看见的是艺术品。"

小满对宋小江说："斯小姐的日子不多了，你能不能快一点做出来？"

宋小江表示他就是通宵不睡觉也要做出来。宋小江果然说到做到，第二天，白日梦就把宋小江给斯小姐做好的"电影胶片"取回来了，一组是穿着费雯丽的连衣裙、烫着大波浪的，被摄影师誉为《风华绝代》；一组是穿着斯小姐妈妈的旗袍、挽着高高发髻的，被摄影师誉为《母仪天下》。小双把这两组"电影胶片"挂满了斯小姐的房间，一走进来仿佛进入一个电影世界。

那幅川港影楼免费赠送的放大的照片，斯小姐自己在心里给这幅照片命名为《向往天堂》，镶嵌在一个木质相框里，挂在斯小姐的床头上。她对小双说："我走了，这幅照片就是我的遗像。不晓得我妈妈在不在天堂？她要是在，我们母女就可以团圆了。"

14

秋风吹斜了密密的秋雨，8号公馆的后花园有两株桂花，一株是金桂，一株是银桂，是梁家搬进8号公馆时梁姆姆栽种的。银桂树开出的是一簇一簇细碎的小白花，金桂树开出的是金灿灿的细碎的小黄花。秋风阵阵，将桂花的香气吹向四面八方，香气飘到九思巷，巷子里都是桂花香。

桂花香飘进斯小姐的房里，勾起了她对儿时的回忆。原来斯公馆也种有几棵桂花树，下雨的时候，她喜欢站在桂花树下，细小的桂花儿从树上飘落下来，落在她的身上，满身都是桂花香。

斯小姐来到后花园，淋过雨的桂花树绿得发亮，金桂树下像铺了一层黄金，银桂树下像铺了一层白银。斯小姐在金桂树下站了一会儿，几朵金色的桂花儿落在她的头发上；她又站在银桂树下，任由雨水和银色的桂花儿落在她的身上。

"斯小姐，雨水把你衣服都淋湿了，不要感冒了哈！"

"梁姆姆，不是雨水，是香水，我身上洒的是桂花香水。"

昨天，梁医生给斯小姐号了脉，他私下对梁姆姆说，斯小姐的日子不多了，在剩下的日子里，要尽量将就她，也就是说她想干啥子就让她干啥子。所以，斯小姐在桂花树下淋雨的怪异行为，梁姆姆也不去劝阻，只是心疼而已。

雨停了，风还在吹，吹散了天上的云，天空犹如洁净的青瓷。小双给斯小姐穿上米色的风衣,要和她一起出去散步。斯小姐说她想一个人走走,小双心里明白她要去的地方,也就不勉强了。

斯小姐要去的地方是平安桥的天主教堂。最近这些日子,她每天都要一个人来这里走走。教堂仍然关闭,高高的黑墙把教堂围在里面,所幸的是那八棵树没有被围进去,斯小姐在八棵树下找到许多童年的回忆。

这八棵树都是银杏树。夏天,树上长满了绿色的小扇子,凉风都是小扇子扇出来的。秋天,树上绿色的小扇子变成了金色的小扇子,在秋风中旋转着飘落而下,一片一片地铺在地上,一个晚上,地上便铺上一层厚厚的落叶,踩在上面沙沙地响。小时候的斯小姐喜欢听踩在落叶上的声音,一边踩,一边捡最完整最好看的"小金扇",捡回去做书签。

斯小姐在八棵树下走过来走过去,听着脚下沙沙的声音,捡了几片精致的"小金扇",她以后用不上书签了,她是捡回去给小双。

斯小姐已经开始产生幻觉，尤其到了晚上，她耳边老是萦绕着小时候在教堂的唱诗班唱的乐曲。她唱了出来，已经忘记了许多年，现在都想起来了，唱出来还是小时候的童声。在小双听来，缥缈遥远，仿佛来自天外的天籁之音。

梁医生又给斯小姐号了脉，他对梁姆姆说，斯小姐活不过这个冬天。梁姆姆就哭起来："年年春天，斯小姐都吃我做的春卷儿，去郊外摘了灰灰菜回来，和我一起做艾馍馍，唉，明年春天，斯小姐就不在咯……"

清晨，轻纱般的薄雾缭绕，人朦胧树朦胧鸟朦胧，整个成都朦朦胧胧，有一种梦幻的感觉。到了中午，雾气散尽，金色的阳光照耀大地，成都又清晰起来，房屋的轮廓，落叶树遒劲的树枝，甚至人们脸上细微的表情都看得清清楚楚。

冬日的阳光对于阴冷的成都，每一缕都像金子般珍贵，凡是有阳光的地方，就有成都人在晒太阳，成都人就是向阳花。小双要带斯小姐去万岁展览馆门前的街心花园晒太阳，斯小姐说她闻到了人民公园的蜡梅花香，小双说："好，我们就去人民公园。"

人民公园属于人民，人民公园好多人啊！鹤鸣茶社座无虚席，茶客们半躺在竹椅上，闭着眼睛晒太阳；草坪上假山上也是密密麻麻的人，有的坐着，有的躺着，翻来覆去地晒，晒了肚子又晒背。

小双和斯小姐直接去了梅园，梅园冷冷清清，蜡梅花还没有开，枝头上却已冒出了绿豆般大的花骨朵儿。小双说："我们过几天再来，也许花都开了。"

"不晓得我还能不能等到花开……"斯小姐自言自语，"花开的时候，满园的梅花黄得耀眼，我和妈妈站在梅花树下，妈妈让我向上看，她说蜡梅的花瓣是透明的。妈妈还让我把落在地上的蜡梅花一朵一朵捡起来，包在手绢里带回家，在水晶盘里放些清水，把手绢里的蜡梅花撒在水晶盘里，蜡梅花便在水中盛开了，满屋子都是蜡梅花的香气……"

天色已晚，斯小姐和小双从梅园出来，经过那片树林，斯小姐的幻觉又出现了，她看见赵明达拉着手风琴在唱《白桦林》。

斯小姐脸色煞白，眼神迷茫，脚一软，倒在小双的怀里。回到家里，斯小姐躺在床上，再也没有起来过。她一会儿迷糊，一会儿清醒。清醒的时候，就让小双给她放黑胶唱片，反反复复地放莫扎特的《安魂曲》，斯小姐两眼瞪着天花板，嘴里喃喃自语："主啊，请赐我永恒的安息……"

梁姆姆来给斯小姐送饭，斯小姐现在只能吃点稀饭就梁姆姆炒的烂肉豇豆。斯小姐支开小双，从枕头下面摸出一个长方形的天青色的首饰盒，交到梁姆姆的手中，话还未出口，已经泪流满面，泣不成声："梁姆姆……你就是我的妈妈……我对不起你……小弟现在都还没有出来……小弟是为了我才……梁家对我的恩情，我有心想报答也来不及了……这一对翡翠玉镯是我妈妈留给我的……你收着……"

"斯小姐，要不得！要不得！"

梁姆姆吓得心都要跳出来了，赶紧把首饰盒子重新放回斯小姐的枕头下面。斯小姐费了好大的劲，又从枕头下面拿出来，塞在梁姆姆的手中，有气无力地说:"给小弟……给小双……"

斯小姐已经没有力气说话了，她眼前又出现了幻觉：下雪了，天地一片洁白，8号公馆的小洋楼和八角亭银装素裹，成了一个纯洁的童话世界，她就是这个童话世界的白雪公主，她被恶毒的巫婆毒死了，她在等骑着白马的王子来救她……

夜里，斯小姐浑身难受，叫着"妈妈，妈妈"，小双抱着她，轻轻地拍着她的背，唱起了斯小姐小时候她妈妈哄她睡觉的《花好月圆》：

  浮云散 明月照人来

  团圆美满 今朝醉

  清浅池塘 鸳鸯戏水

  红裳翠盖 并蒂莲开

斯小姐在她妈妈的摇篮曲中，安详地闭上了眼睛。